KEITAI
SHOUSETSU
BUNKO
SINCE 2009
野いちご

無糖バニラ
~苦くて甘い幼なじみ~

榊あおい

STARTS
スターツ出版株式会社

カバー・本文イラスト／朝吹まり

中学３年生、初夏。
　幼なじみの翼とはじめてキスをした。

　あれから１年、冷たくなった君は、今では目も合わせてくれない。

「俺は、幼なじみなんて嫌だ」

　苦いばっかりの君なのに。

「早く俺を好きになれ」

　そのバニラの香りに、クラクラしそう。

　──幼なじみとの恋は、甘いだけじゃ終わらない。

contents

☆ 「隙だらけなんだよ」　　　　7

「なんで俺のそばにいようとすんの?」　37

「好きなんて言ってない」　　61

「幼なじみなんか嫌だ」　　81

「俺だけを見てろ」　　　　121

「……バカ」　　　　　　147

「奪うよ」　　　　　　　189

「帰さない」　　　　　　231

「バニラ味」　　　　　　265

エピローグ　　　　　　　291

「隙だらけなんだよ」

玄関の扉を開けると、朝の少し肌寒く感じる爽やかな風をすうっと吸いこんだ。
　甘い香り……。
　夏が涼しいのなんて、朝だけだ。
　制服の長袖シャツをさする。
　あたし、内海このはは立ち止まり、隣の家を仰ぎ見た。
『パティスリーVanilla』。
　そんな看板を掲げたケーキ屋は、名前のとおり、いつもバニラのいい香りがする。
　──ガチャッ、リンリーン。
　お店の正面入り口のドアが開いて、軽快なベルの音が鳴った。
　そこから姿を現したのは、あたしと同じ学校の制服を着た同い年の男の子。
「おっ、おはよう！　翼！」
「……ああ」
　翼は、あたしをチラッと一瞥しただけで、無表情で歩いていってしまった。
　……わかってたけどさ。
　いつも、どれだけ勇気出して話しかけてるか、少しも知らないくせに。
　ふてくされて、翼のうしろ姿にベーッと舌を出してみせると、
「あらー、おはよう。このはちゃんも今から学校？」
「あっ、おはようございます……」

「隙だらけなんだよ」>> 9

　隣のケーキ屋のドアがまた開いた。
　翼のママ。
　危なかった。隣の子が息子にあっかんべしてるのを見せるところだった。
「翼もね、さっき出たばっかりなのよ。会わなかった？」
「……はい」
　会ったけど。
　おはようって言ったけど。でも……。
「同じ学校なんだから、一緒に行ったらいいのに。このはちゃん、高校生になってから遊びに来てくれなくなってさみしいな」
　翼ママの言葉に戸惑い、あたしは愛想笑いしか返せない。
「今日も暑くなりそうね。もう７月だもんね。学校、気をつけて行ってらっしゃい」
「はい……」
　あたし、内海このはと、隣の芦沢翼は幼なじみ。
　昔は毎日のようにお互いの家を行き来するほどの仲だったのに、最近はなんだか距離がおかしい。
　去年の、中３以来。
　あのキスは、バニラの香りがした。

「うあーっ、あっつい！　あー、おはよー、このはぁ」
　学校に着いて、１年１組の教室に入る。
　友達の仁奈が、自分の席でパタパタと下敷きで自分を扇ぎながら迎えてくれた。

「おはよう。さっきまではまだちょっと涼しかったのにね」
「このははまだ長袖だねぇ。暑いでしょ」
「あ、うん……、日焼けが嫌で……」
「あーね、このは肌白いもんね」
「焼けちゃうと、真っ赤になってすごい痛いから」
「今度いい日焼け止め貸すよぉ」

　よかった。ちゃんとごまかせた。
　ホッと胸を撫で下ろすと、教室の扉からきゃあっと女子の黄色い歓声が上がった。
「うっわぁ、今日もすごいね。もうほとんどアイドルじゃん？」
　仁奈が半ば呆れたようにそれを眺める。
　あたしよりも早く行ったのに、なんで教室に入るのは遅いんだろう。
　数人の女子の中心にいるのは、迷惑そうに眉を寄せた翼。
　中学の時から少しずつ見慣れるようになっていた、この光景。
　昔はあたしの方が高かった背もあっという間に抜かれて、高くて可愛かった声はいつの間にか低くなり、まわりの女子が翼を見つけるのに時間はかからなかった。
　仁奈が言った、アイドルっていうのもあながち間違っていない。以前一緒に歩いていた時には、スカウトの名刺を渡されたことがあったから。
「イケメンくん大変〜」
　仁奈は、のんきに人ごとのように、パタパタと下敷きで

扇ぎ続ける。
「どいて、邪魔」
　翼は、女子をじろりとにらみつけ、機嫌の悪そうな顔で自分の席に向かった。
　そんな態度も、「クールでかっこいい！」と、彼女たちの気持ちを煽るばかり。
　歩いている翼と不意に目が合ったけれど、すぐに逸らされてしまった。
「ね、このはと芦沢くんが幼なじみって本当？」
　まわりの目を気遣っているのだろうか。仁奈が、小さな声でコソコソと聞いてきた。
「うん、一応ね。家もすぐ隣なんだ」
「そうなんだ〜、いいなぁ」
「そんなことないよ……」
　幼なじみだろうが、そんなことはもう関係ない。
　翼は女嫌い。それは、あたしも例外じゃない。
　昔は仲がよかった分、ほかの子よりもずっとつらい。
　甘いバニラの香りが、遠ざかっていくだけ。

　１年前の夏。
　学校を早退して、泣き疲れて自室のベッドで眠っていたあたしの部屋を、誰かが訪れたことは覚えている。
　ほとんど夢の中にいたけど、きっとあれは翼だった。いつも隣で感じていた、甘いバニラの香りがしたから。
「ごめん、このは」

理由がわからない謝罪のあとに、唇に落ちてきたのはふわふわ柔らかいマシュマロのようなキスだった。

　あれが現実に起きたことだったのか、あたしはまだ翼に聞く勇気がない。
　夢だったのかな……。あんなに鮮明に覚えているのに。
　甘い香りのキスを。
　確かなことは、あれ以来翼があたしを「このは」と呼ぶことはなくなった。
　毎日のように一緒にいたのに、目も合わせてくれない。
　そして、あたしは腕を隠すようになった。
　シャツの上から、左腕をさする。
　なんで謝ったの。……翼のバカ。

　放課後になり、あたしは自分のリュックに物を詰めて帰り支度を始めた。
「翼ー、今日どっか遊んで帰んね？」
　その呼び名に、どうしても反応してしまう。
　翼の友達の小嶋くんが、翼の背中をバシッと叩いた。
「いってーな。俺、今日ダメ。家の手伝いしろって言われてっから」
「はー？　超いい子かよ」
「なんだよ、それ。悪口になってねーよ」
　翼の、滅多に見せない笑顔は、小嶋くんだけに向けられた。

「ちょ、やばい！　笑顔可愛くない？　いいなー、男子は。ずるい」
「わかるー！　男子にだけはめっちゃ可愛く笑うんだよね！　あたしも目の前で笑われたぁ〜い」
「ダメダメ、女子には冷たいってところがいいんだから。それで、彼女になったらその子だけ優しいのっ」
「やばーい！　それいいー！」
　あたしと同じように翼を見ていたクラスの女子が、羨望の眼差しを向けた。
　彼女になったら……か。あたしも、昔はあんなふうに笑いかけられてたんだけどな……。
「てかお前、たまに家の手伝いとか言うけど、何やってんの」
「いや、別に……普通に母さんの雑用……」
　小嶋くんに問われた翼は、歯切れ悪く答える。
　まだ、人に自宅がケーキ屋さんって言うの嫌なんだ。
　小学生の時は普通だったのに、中学に入った辺りから、隠すようになった。
　理由は、女みたいで嫌だから。……らしい。
　そんなの、気にしすぎだと思うけど。
　ずっと翼を見ていたら、小嶋くんと目が合い、ニコッと笑われた。
　あたしもつられて、微笑を返す。
　それに気づいた翼には、ふんっと目を背けられたけど。
　なんなの、バーカ！
　朝みたいに、思いきって舌を出してやろうと思ったら、

「あ、あの、芦沢くん……、ちょっといいかな?」
　ほかのクラスの女子が、翼の元にやってきた。
　顔を真っ赤にして、うつむきがちに、手を震わせて。
　また……だ。
　前から見てきたから、わかる。翼はこれから告白される。
「何?　俺もう帰るんだけど」
「ほんの少しだけだから……、お願い……。聞いてもらえるだけでいいの」
「……わかった。聞くだけだから」
「あ、ありがとう……!」
　翼はため息をついて、その女子とふたりで教室を出ていった。
　ふたりの背中を見送り、うつむく。
　……帰ろう。
　リュックを持って立ち上がると、小嶋くんが目の前にいた。
「あのさ、内海も翼のこと好きなの?」
「え?　なんで?　そんなことない……」
「結構翼のこと見てるでしょ?　今も。なのにほかの子みたいに内海は声かけたりしないから、ちょっと気になって」
　それは、前に「学校でもう話しかけるな」って言われたからなんだけど。
　話しかけて無視されたこともあるし。
　小嶋くん、翼の近くにいることが多いから、そういうの

目障(めざわ)りだったりするのかな。
　高校から一緒になった小嶋くんは、あたしたちが幼なじみだってことはまだ知らないみたいだし、翼が言ってないなら、あたしからそれを言うのも気が引ける。
「本当に、そういうのじゃないから」
　翼のことを好きは好きだけど……幼なじみなら好きで当たり前だし。だから、気になってるだけだし。
　小嶋くんが聞きたい感情とは別のもの。
　……うん。
「なんだ、そっか。翼も、内海のことだけは気になってるっぽかったからさ」
「えっ!?　ほ、ほんと!?」
　思いがけない情報に、あたしは小嶋くんにつかみかかるくらいの勢いで声を上げた。
　小嶋くんがポカーンとしているのを見て、自分のやらかしたことに気づいた。
「……ごめんなさい」
　恥ずかしい。
「やっぱり好きなんじゃないの？」
　好きだけど。でも、そうじゃなくて。
「ううん……」
「そうなんだ」
　教室の扉がガラッと開く音がして、
「あっ、このはまだいたんだっ。途中まで一緒に帰ろー」
「うん」

仁奈が顔を出して、あたしたちは一緒に教室を出た。
　小嶋くんが手を振ったから、あたしも社交辞令で振り返した。
　そっか……。翼も、あたしのことちょっと見てたりしたんだ。第三者に気づかれるほどに。
　そっか。うれしい……。
　少しずつ、昔みたいに戻れたら。
　なんて、その時のあたしは、のんきに構えていた。
「このは、小嶋くんと何話してたの？　めずらしくない？　一緒にいるの」
「翼のこと好きなの？　って言われたかな。いつも見てたから目障りだったのかも……。小嶋くん、あたしが翼の幼なじみって知らないから、勘違いしたみたい」
「え？　このはって、芦沢くんのこと好きなんじゃないの？」
「何言ってんの!?」
「え、違うんだ」
「違うよ！　仁奈まで変なこと言わないで」
　仁奈は、口に手を当ててふふっと笑った。
「てかさ、わざわざそんなこと聞きに来た小嶋くんが、このはのこと好きなんだったりしてね」
　そんな指摘に、ドキッと心臓が跳ねたけど、仁奈のおもしろがっている表情に、現実を見た。
　危ない、危ない。
「そんなわけないでしょ」

「つまんなーい」
「つまんなくていいの」
　外に出ると、太陽がジリジリ照らしてきて、学校の中にいる時よりももっと暑い。
　電車通学の仁奈とは途中の道で別れ、あたしは徒歩で下校。
　やっぱり、甘いいい香り。
　隣のケーキ屋を見上げ、自分の家の玄関を開けた。
「ただいまー」
「おかえり」
　姿は見えないけど、どこからかママの声が聞こえた。
　すぐに2階の自室へ。
　制服を着替えたい。
　家では半袖でいい。腕を隠す必要がないから。
　シャツのボタンに手をかけた時。
「ねー、着替えてからでいいから、ちょっとお隣行ってくれない？　おばあちゃん家からいっぱい野菜届いたから、おすそ分け」
　ママの声が、階段の下から届いた。
　着替えてから……じゃ、もう行けない。翼が帰ってきているかもしれない。
　翼には、一番見せちゃいけない。
　あたしはボタンをとめなおして、制服のまま下に降りていった。

徒歩何歩か。それだけで到着してしまう、お隣のケーキ屋さん。
　胸に手を当てて、扉を開けた。
　――ガチャッ、リンリーン。
「翼!?　……じゃなくて、このはちゃん、いらっしゃい」
「こんにちは」
　切羽詰まった表情の翼ママが、あたしを見て一瞬で笑顔をつくった。
「これ、おばあちゃん家からもらった野菜なんですけど、よかったらどうぞってママが」
「毎年ありがとうねー。助かるわ、うれしい」
　翼ママは、あたしが渡したビニール袋を持って、バタバタと店の裏に引っこんだ。
　忙しそう……。
　そういえば、翼が手伝いのために早く帰りたいとか言ってたし。
　タイミングが悪い時に来てしまった。
　翼ママがまたバタバタと戻ってきたのを見計らって、あたしはお辞儀をする。
「あの、じゃああたしはこれで……」
「ま、待って、このはちゃん！　今時間ない!?」
「……え？」
「翼に早く帰れって言ったのに全然帰ってこなくて。少しの間だけお願い！」

そして、どうしてこんなことに。
　あたしは今、芦沢家のカウンターで、エプロンを身につけて、ひとり店番をしている。
　ショーケースに並ぶ、たくさんの種類のケーキがおいしそう。全部可愛い。
　翼ママは、今日入っていた大口の注文のため、翼パパのいる厨房に。
　家族経営のこのお店は、普段はパートのおばさんを入れて、３人で回している。
　それが、パートさんが前々から入れていた休みと今日の注文が重なり……。
　そんな説明をされてしまっては、断れない。
　中学の時は、しょっちゅうお手伝いに来ていたわけだし、なおさら。
　しかも。
『終わったら、いっぱいおいしいケーキもあげるね！』
　そんなことを言われたら、断れない。
　翼は、告白をされて、……帰ってこない。
　いつものことだけど。
　女嫌いの翼のことだから、今回もきっと断るんだろうけど……。
　毎回「もしかして」が、付きまとう。
　今度こそ翼には彼女ができるかもしれない。
　あたしには冷たいままでも、その子には優しくするのかもしれない。

そんなの……。
　──ガチャッ、リンリーン。
「！　いらっしゃいま──」
　当たり前のようにそんなあいさつをするあたしを見て、その人は表情を固めた。
「なんでお前がいる……」
　と。
「……おかえりなさい、翼。店番だよ。翼ママに頼まれた」
「うわ」
　翼は、あからさまに嫌な顔をする。
「うわ」って言った。失礼な。
　というか、女性客が来た時も、まさかこんな対応してるんじゃないよね、この男。
「じゃあ、もういい。俺やるから。帰れば」
　冷たく追い払う態度に、あたしはついムッと顔を歪めた。
「帰らないよ。あたしは翼ママに頼まれてここにいるんだもん。翼にそんなこと言う権利ないでしょ」
「お礼にケーキ持たせてやるとでも言われたか」
「!?　なんでわかるの！」
「当たりかよ」
　翼が、ふっと吹き出す。
　あ、笑った……。
　翼は、こぶしで口元を隠して目を逸らす。
　翼の笑顔をこんな間近で見たのは久しぶり。一瞬だったけど……。

あたしは、自分が怒っていたことも忘れて、自然と口角を上げた。
　翼はそんなあたしを少し見ていたけど、すぐに何も言わずにお店の裏に行ってしまった。
「おかえりなさい、翼。あんた遅いのよ！　このはちゃんに手伝ってもらってたんだから」
　扉が閉まっていても、翼ママの高い声はよく響く。
　しばらく何かをやり取りしているような声がしたあと、また同じ扉が開いて、エプロンをした翼が出てきた。
　そして、あたしの隣に立った翼に、驚いた。
　中の方でケーキづくりの作業を手伝うのかと思ってた。
「……」
「……」
　お客さんもいないから、店内はとても静か。
　時折、厨房の声がぼそぼそとくぐもって聞こえるだけ。
「翼、あの、今日の……」
「あ？」
　女の子からの告白、なんて返事したの？
　とか……聞けない。
「あ、ううん、小嶋くんが……」
「小嶋？」
　翼もあたしを気にしてる、とか聞いたんだけど本当？
　って。だから、言えないってば。
「小嶋がなんだよ」
　やばい、目に見えてイライラしてる。

「……間違った」
「は？」
　うまく言葉が続かない。
　少し話しかけるだけでも、たくさんの勇気が必要なことを、翼は全然わかってない。
　困って、店内を見回すと、真ん中のテーブルに置いてある焼き菓子コーナーが目に入った。
「あれ？　バニラクッキーないの？」
「……ああ」
　バタークッキー、ディアマンクッキー、フィナンシェやマドレーヌは並んでいるのに、バニラクッキーは無い。
「そっかー、あたし、あれ一番好きなのに。残念」
　翼ママからのお礼で、あわよくばそれも頂けないかといういやらしい考えもあったのに。
「クッキーなんかどれだって同じだろ。バタークッキーなら毎日出てるし」
「同じじゃないよ。バタークッキーも好きだけどさ、バニラクッキーはなんか昔から特別おいしい感じがする」
「ふーん……」
「遊びに行くと、いつも帰りに翼がくれたよね」
　思い出に浸って、自然と声が高くなる。
　なのに、
「んなこと忘れた」
「そう……」
　翼のひと言で、あたしの気分はいとも簡単に落ちてしま

う。
　思い出を大事にしてるのは、あたしだけなんだ。
「冷たい……」
　翼は、無言であたしを見る。
　その目には、ふてくされて泣きそうなのを我慢したブサイクな横顔が映っていることだろう。
「翼が女嫌いなのは知ってるし、あたしのことも嫌いなんだろうけど、あたしはずっと翼のこと友達だと思ってるのに……」
　あたしの不機嫌が伝染するように、翼は眉を寄せた。
「友達？　二度と言うな」
「何それ！」
　そんなに嫌いなの？　そこまで迷惑だったの？
「だったら、あのキスはなんだったの？」
　翼が、目を見開いてあたしを見る。
　自分の発言に気づいて、口を手で押さえた時にはもう遅かった。
　い、言っちゃった……！
「キス？」
　ここまで言ってしまえば、もうごまかしようがない。
　覚悟を決めて、ぎゅっと両手でこぶしを握った。
「だ、だって、キスしたでしょ……、去年。あれは翼だったんじゃないの？」
「……」
　翼はバツの悪そうな表情を見せ、すぐに顔を背けた。

「……夢でも見てたんだろ」
「な——」
　——ガチャッ、リンリーン。
　忘れかけていたけど、ここは営業中のお店。
　お客さんの来店に、言い合いは強制終了せざるをえなかった。
「「いらっしゃいま——」」
　翼と同じタイミングで口を開き、同じタイミングで固まった。
「え、翼と……内海？」
　来店したお客さんは、小嶋くんだった。
　小嶋くんは、並んでカウンターに立っているあたしたちを交互に見る。
「あれ？　ふたり、なんで……」
　予想どおり、翼はあたしと幼なじみなことを小嶋くんに話していなかったらしい。
「あれ？　てか、ここケーキ屋……。ふたりそろってバイト？　でも家の手伝いとか、お前……」
　混乱している小嶋くんを前に、翼もめずらしく困惑している様子。
　そして、小嶋くんはあたしたちを指差して、
「付き合ってんの？」
「「違う！」」

「えー、幼なじみかぁ。しかもこんな思いっきり隣の家とか、

漫画かよ」
　事情を聞いた小嶋くんは、うんうんと頷きながら、先ほどよりももっとじっくりあたしたちを眺めた。
「なんだよ、翼、俺全然知んなかったんだけど」
「言ってねーもん」
　そんな、悪びれもせず、しれっと……。
　どうでもいいことだからなんだろうな。あたしと幼なじみだなんて。
「お前、なんでケーキ屋なんか来た？」
「なんか、って、自分の家だろ。母ちゃんのおつかいだよ。人にやるお菓子買ってこいってさ。そっかー、翼がケーキ屋か」
「俺じゃなくて、親」
「そこここだわるな」
　小嶋くんは、鼻をヒクヒクさせて店内の匂いを嗅いだ。
「だからか。翼っていつも甘い匂いだから、女物の香水でも使ってんのかと思った」
「げっ」
　嫌そうな顔で自分の服に鼻を近づける翼を横目に、
「だよね！　翼いつも甘くていい香りするよね！　あたし好きなん……」
　前のめりで小嶋くんに同意を求め、隣から視線を感じて、ハッとした。
　しまった。
「……なんでもない」

あたしは目を逸らして、無かったことにする。
　　　翼と小嶋くんの、怪訝そうな視線を同時に感じる。
　　　気まずい。
「……内海ってさ、実は翼のこと名前で呼んでたんだな」
　　　小嶋くんが、物めずらしそうにあたしを見る。
　　　確かに、学校で話しかけない女が親しげに名前を呼ぶ姿はおかしく映るのかも。
「うん……昔から隣にいたし」
「翼も？」
「俺は呼ばない」
　　　あっさりと冷たいことを言われて、あたしはムッと唇を尖らせた。
　　　去年までは呼んでたじゃん。バカ。
「おい、小嶋、ほかの奴には言うなよ。俺とこいつの家が近いとか、うちがケーキ屋だとか」
「なんで」
「めんどくさいことになるから」
　　　あたしと幼なじみでめんどくさいとか、何それ。
　　　どれだけ嫌うの……。
「でもさ、ここ学校わりと近いから、いつかはバレんじゃね？」
　　　それは、実はあたしも思っていた。
　　　中学の時もそんな感じで広まっていたし、同中の人だって学校にはいるし。
「ケーキ屋がバレるのは、まぁ仕方ない。とりあえず、こ

いつと幼なじみってバレないならそれでいい」
「おい、お前、さすがにそれはキツい……」
　小嶋くんが気を使って、あたしをチラチラ見るけど、翼の言葉にあたしはもう言葉を発する気力を失った。
　今日、来なきゃよかった……。
　あたしは、唇を噛(か)んで下を向く。
　お客さんが小嶋くんだけでよかった。こんな泣きそうな顔で、接客なんかできない。
　小嶋くんに、翼もあたしを気にしてるなんて言われて、真に受けちゃって……バカみたい。
　翼は女嫌いなんじゃなくて、あたしのことだけが特別に嫌い。
　原因はわからないけど、冷たくされるようになったきっかけなら忘れない。
　1年前。キスの数時間前。
「……」
　あたしは、服の上から左腕を触(さわ)った。
　無意識にするようになってしまった、この癖。
　夏なんて、早く終わっちゃえばいいのに。
「内海……」
「はぁー、ちょっと休憩ー！」
　小嶋くんが口を開いた時。
　うしろの扉が開いて、翼ママが疲れた顔で姿を見せた。
「あらっ、ごめんなさい！　お客様いたのね。いらっしゃいませ！」

「あっ、大丈夫です。俺、翼の友達なんで」
「そうなの？　翼が友達を家に連れてくるなんて、久しぶりねぇー」
「連れてこられたかったなぁー、俺、普通に客で来ただけなんすよー」
　小嶋くんと翼ママがほのぼのとしている脇で、カウンターのあたしたちふたりはズーンと重たい空気。
「ちょいちょい、翼か内海、どっちかレジ頼む」
「俺がやる」
　小嶋くんが、焼き菓子を手に抱えてレジに置いた。
　あたし、やっぱり必要ないみたい。
「あの、翼帰ってきたし、あたし家に戻りますね」
　その場でエプロンを脱いで、たたんでから翼ママに受け渡す。
「ありがとう、このはちゃん。待ってね、今おみやげのケーキ……」
「ううん、あたし結局何も働いてないから、もらえない」
「あっ、待って」
　あたしはぺこっと頭を下げて、翼ママが引き止める声を背にして、店をあとにした。
　扉を締め、ため息をつくと、
「内海！」
　慌てた様子で小嶋くんがあたしのあとを追ってきた。
「送るよ」
「え……、でもうちすぐそこ……」

「ん？」
　目と鼻の先にある、内海家。
　指を差し、その先を目で追った小嶋くんは、すぐに笑った。
「近っ」
「でしょ」
　送ってもらう方が申し訳なくなるほどに近い。
　家だけが近くても、話さなければ、会わなければ……どこに住んでいたって同じ。
「なんだ、隣の家ってこんな近いのか」
「うん」
「じゃあ、翼が内海のこと気にしてたのって、幼なじみだったからかな」
「どうだろ……」
　本当に、気にしてくれていたかもあやしい。
　あんな態度をとられてしまったら……。
「ってことは、俺は遠慮する必要はないのかな」
「？」
　なんのこと？　そんな意味を込めて、小嶋くんを見る。
　小嶋くんは、口元で微笑んだ。
「俺、内海のこと好きかも」
　……かも？
　何、かも？
　好き……かも？
「……え？」

「あれ？　ビミョーな反応……」
　意味がわからなくて、失礼ながら聞き返してしまう。
　小嶋くんは、困ったように苦々しく笑った。
　今、なんて言った？
　好きかも。
　内海のこと好きかも。
「……えっ!?」
「いや、遅すぎ」
　やっと理解して、ぼんっと弾けるように顔が熱くなった。
　つられたのか、小嶋くんの顔まで赤くなっている。
「え、だって、あたし、小嶋くんと話したことあんまりない……」
「話したことない人は、好きになっちゃダメ？」
「そんな……ことは」
　なんて返せばいい？　何が正解？
　今まで恋愛対象として見ていなかった人に、告白されるなんて思わなかった場合。
　普通なら、「はい」か「いいえ」？
「最初はさ、翼がよく見てたから、つられて俺も見てただけだったんだけど……。最近、翼がいない時も内海のこと目に入ってきて」
　顔が熱い。全身が熱い。汗がすごい……。
「今日話しかけたのも、実は結構緊張してたし」
「は、はい……」
「今すぐ返事は、ちょいキツいから、……考えてくれない

かな」
「はい……」
　ろくな返しもできずにいたあたしを、小嶋くんは笑顔で許した。
「じゃあ……、突然ごめん。また明日、学校で」
「うん……」
　小嶋くんは、走り去っていった。
　うしろ姿が小さくなって、見えなくなるまで見送る。
　あたし、今……告白された。生まれてはじめて。
　ついさっきまで翼のことで頭がいっぱいだったのに、今ではもう、小嶋くんの笑顔が脳内でぐるぐる回っている。
　返事、考えてって……、どうしたら——。
「おい」
「ひゃあ!?」
　その場でぐずぐずしていたら、突然背中から声をかけられ、飛び上がった。
　振り向くと、そこには翼。
　着ていたエプロンを片手に、なぜかとても不機嫌そうに眉を寄せて。
　そうだ、ここはまだ翼の家の敷地内。
「な、何？　邪魔？　すぐ帰るよ……」
「ほら」
「？」
　ずいっと片手で差し出されたのは、透明なラッピング袋に入ったクッキー。

商品名も何も書いていないけれど、これは。
「あっ、バニラクッキー」
「なんでわか……、ああ、バニラビーンズ」
「それもなんだけど、昔からバニラクッキーだけはほかのと形が違うから。なんか……でこぼこっていうか」
「……」
「いたっ」
　翼に、ドスッとチョップを食らわせられた。しかも頭のてっぺん。
　あたしは、頭を手でさする。
　クッキーは翼のママとパパのどっちが作っているのか知らないけど、家族の悪口を言われたようで、さすがにムカついたのだろうか。
「いらないなら、やらね」
「う、ううん！　ありがとう！　これ好き！」
「あっそ」
「売り場にはなかったのに」
「……厨房に転がってた」
「……」
　それを、わざわざ持ってきてくれたのかな。
　冷たい……はずなのに、こういうことをするから、翼のことがよくわからない。
　受け取ろうとクッキーを持つのに、翼の手から離れない。
　頭にハテナを浮かべて翼を見ると、
「さっき小嶋に告られてただろ」

「!!」
　見られてた……!?
「見てたの?」
　恥ずかしいような、気まずいような、変な気持ち。
　それを見て、なんて思ったのかな……。
　翼は、はぁとため息をついて、
「こんなとこで告られてんじゃねーよ。隙だらけなんだよ、このバカ」
「は、はぁ!?」
　なんなの、それ。
　確かに、翼の家の前で迷惑だったかもしれないけど……。
　もらったばかりのクッキーを抱きしめて、うつむいた。
　優しいと思ったのに……。
「あたし、翼がわかんない……。優しいの?　冷たいの?」
　目の奥が、ジンと熱くなる。
「それとも、やっぱりあたしが嫌いなの……?」
　しまった。自分で聞いて、自分で傷ついてる……。
　さっきまでは、小嶋くんに告白されたことで思考が支配されていたのに、また翼が入りこんできて、頭の中ぐちゃぐちゃ。
　言わなきゃよかった。
　答えが怖い。
　翼の口から、決定的な言葉を聞いてしまったら、あたしは……。
「嫌いかどうかなんか、自分で考えろ」

「っ……」
　やっぱり、翼はあたしのことを……。
「ずっと俺のことだけ考えてろ」
　フッと頭の上が陰って、顔を上げた。
　頬を大きな手が包んで、近づくバニラの香り。
「——っ」
　声が出ない。
　唇が、塞がれて。
　翼の顔が近すぎて、よく見えない。
　——血の流れが、全て止まってしまったのかと思った。
　唇が離れて、目を見開き、やっと出せた言葉は、１文字だけだった。
「……え？」
　翼の顔が近づいて、唇に柔らかな……。
　あたし、これ知ってる。
「これで、もうほかのこと考えられなくなっただろ」
　足の力が抜けたあたしは、ぺたんと地面に尻もちをついた。
　何、された？
　唇に、唇が……。
「ーっ!!」
　止まっていた血液が、勢いよく顔に集まってくる。
　キス!?　今の！　なんで!?
　翼は、あたしと目線を合わせるように屈んで、
「真っ赤」

口角を上げて、笑って見せた。

　やっぱり翼は、よくわからない。
　キスの意味が、嫌がらせなのか、愛情なのか。
　とりあえず言えることは、ひとつ。
　もう、くらくら目眩(めまい)がしそうなくらい、頭の中が翼のことばっかり。

「なんで俺のそばに
いようとすんの？」

「おい、いつまで寝てんだ」
　翼の声が聞こえる。
「うう……、ん?」
「起きろよ、このは」
　待って、まだ起きたくないの。
「遅刻しても、今度は一緒に謝ってやんねーからな」
　懐かしいな。中学の時は、寝起きの悪いあたしをこうやって何度も翼が起こしに来てて……。
「……え?」
　あたしは、自室のベッドの上で、ぱっちりと目を覚ました。
　目の前には、翼。
「わぁ!?　何やってんの!?」
「こっちのセリフだよ。いつまで寝てんだよ、アホ」
　あたしはとっさに、胸の上まで掛け布団で隠した。
「なんで翼がここにいるの!　もう全然うちになんて来なかったくせに。じゃなくて、昨日キ、キ……!」
「さっきからなんだ、お前。寝ぼけてんのか。受験勉強で頭おかしくなったか?」
「じゅけ……ん?　あたしもう高校受かったよ」
　受験って。高校?　は、終わったし。大学?　は、早くない?
　そんな姿を見て、翼は気の毒そうにあたしの額(ひたい)を触った。
「熱はないな」
「ちょっと、バカにしすぎ!」

「早く着替えろ」
　翼が指を差した先には、壁にかかった制服。中学の、セーラー服。
　……え？
　しばらくフリーズして、ひとつの結論にたどり着いた。
　そっか。夢だったんだ。
　あたしは、中学３年生。
　幼なじみの翼と同じ高校に行く約束をして、放課後は毎日翼に勉強を教えてもらっていて。
　受験勉強に疲れて、高校生になる夢まで見ていたのかな……。
　そうだよね、翼はこうじゃなきゃ。
　遠慮なく勝手に部屋に上がりこんで、おはようからおやすみまで世話焼きで。
　あたしを無視するなんて、悪夢すぎる。
　しかも、いきなりキスとか……。
　いや、夢！　夢だから！
　なんだ……、そっか……。
　あたしは、半袖のセーラー服を手に取った。
　突然、視界がぐにゃっと歪む。
　気持ち悪さを感じて目を閉じ、開けた時に飛びこんできたのは、中学の中庭だった。
「え？」
　何これ。なんで……。
　さっきまで、部屋で翼と……。

「あんたがいるから、翼くんが！　消えてよ！」
　耳を貫く、女の叫び声。手には、カッター。
　ハッと気づいた時には、もう遅かった。
「このは！」
　あんなに切羽詰まった翼の声を聞いたのは、あれがはじめてだった。
　──夢は、こっちだ。

　ピピッ、ピピッ、ピピッ。
　スマホのアラームが、枕元で鳴る。
　あたしは今度こそベッドの上で目覚めた。
　なんかおかしいと思った……。
　部屋から学校に飛ぶとか。さすが夢。便利だったけど。
　……そういう問題じゃないか。
　夢の中で翼が指差した場所を見る。そこにあるのは、高校の制服。
「夢……」
　落胆のため息をつく。
　夢じゃなきゃ、翼がこの部屋にまた来るなんてありえない。
　夢……。
　ポンッと、昨日のキスを思い出した。
　夢……じゃない！

「いってきます……」

寝ても覚めても、あたしの脳内は翼だらけ。
　ズーンと重たい気持ちで、家を出た。
　学校行きたくない……。
　なんであたしは翼と同じクラスなんだろう。
『俺のことだけ考えてろ』
　あんなの、どういうつもりで言ったの？
　悔しいくらい思惑どおり、翼のことしか考えられない。
　玄関を出ると、ふわっと香るバニラの香り。
　昨日もらったバニラクッキーは、結局食べられなかった。
　いつもなら、一緒に学校に行きたいから翼が家から出てくるまでちょっと待っているところだけど……。
「……」
　無理。先に行く。
　隣の家を見て、すぐに踵を返す。
　すると。
　――ガチャッ、リンリーン。
「！！」
　このタイミングで、『パティスリーVanilla』のドアが開いた。
　恐る恐る振り向いてみると、
「あら、このはちゃんおはよう。昨日はありがとうね」
　翼ママ……。
「おはようございます」
　ホッと息をついたのも、つかの間。
「翼もね、今行くところなのよ。待ってね」

「え」
「翼ー! 翼! このはちゃん、もう学校行っちゃうわよ!」
「ちょ、ま……っ!」
　呼ばなくていい! 呼ばなくていい!!
　今日は、一緒に通学したいなんて少しも思ってない。
　慌てて逃げようとすると、再びお店のドアが開いた。
「もう、あんた中学の時は、このはちゃん起こしに行くくらい早起きだったくせに」
「いつの話だよ」
　翼ママの小言を背中に浴びながら、今一番会いたくない男子が出てきた。
「ふたりとも、仲よく学校いってらっしゃい」
　翼の背中を押しながら、翼ママは小さく手を振ってドアを閉めた。
　事情を知らない人の行動がこんなに恐ろしいものだったとは。
「……」
「……」
　あたしは、顔面蒼白(がんめんそうはく)。翼はいつもどおり涼しい顔。
　不意に目が合って、
「!!」
　すぐに逸らした。
　青かったはずのあたしの顔は、一瞬で真っ赤に。
　あの唇が、あたしの唇に……。

胸に手を当てて呼吸を整えているうちに、翼はひとりで歩きだしてしまった。
「ま、待って！」
「何」
　背中に向かって呼び止めると、相変わらずの涼しい顔が振り向いた。
「お、おはよう……」
　まずあいさつをしている場合か、あたし。
「ああ」
　しかも、返事は２文字。
　勇気を出して、……聞け！　あたし！
　なんで昨日キスしたの？　って。
「翼、なん……で」
　昨日キスしたの？
　あと少し……！
「き、きのう……」
　翼がこっちを見ている。
　つい最近まで、目も合わせてくれなかったのに。
「一緒に……学校行こう？」
　……間違えた。これじゃあ、いつものただの願望だ。
　翼は少し目を細めて、あたしの目をじっと見た。
　先にスタスタ進んでいた距離を戻って、目の前まで来る。
　手がこちらに伸びてきて、大きな手があたしの頬に触れた。
「っ！」

ちょんっと、指先だけで翼の温もりを感じる。
「な、何……？」
　この展開は、またキ……、
「お前はさぁ、なんでまだ俺のそばにいようとすんの？」
「なんでって……」
　なんの話？　今の話？
　翼は頬から手を離し、次にあたしの左腕をつかんだ。
　長袖の上からでも、体温が熱いのがわかる。
「普通、離れたがるだろ。俺のそばにいたら……」
「離れたのは、翼の方でしょ」
「……」
　翼は、つかんだ腕をしばらく見てから、離した。
　何も言わず、くるっと方向転換。またひとりでスタスタ歩いていった。
「翼、待って！　一緒に」
「ついてくんな」
「っ」
　追いかけたくて駆けだしそうになっていた足が、そのひと言で怖気づいて止まる。
　近づいたり、離れたり。……翼は今日も冷たい。
　キスしたくせに。

「おはよ、仁奈」
「何、このは。すごい顔」
　学校に着き、仁奈のそばに行って朝のあいさつをすると、

眉間を指でツンっと突かれた。
　眉間にシワが寄るくらいに不機嫌顔なのは、一応自覚している。
「ねー、見て。来る時コンビニで買ってきたんだぁ」
　そんなことは気にせず、仁奈は自分の机でファッション誌を広げた。
　今日発売の、最新号。
「もう売ってたの？　早いね」
「きゃあ！　翼くーん！」
　あたしの声は、女子の黄色い声でかき消されてしまった。
「今日もすごいねぇ」
　仁奈が、呆れているような、感心しているような言葉を漏らす。
　だから、あたしより先に学校に行ったはずなのに、あたしより遅く教室に入ってくるっていうのはなんなの。
　翼を見て、あたしの眉間のシワはさらに深く刻まれる。
　今日も、まわりはたくさんの女子に囲まれていて、相変わらずその中心部にいる顔は迷惑そう。
「うるさい」
　低い声で威嚇しても、「きゃあっ」と喜ばれるばかり。
　わからない……。あたしなら、冷たくされたら傷つくけれど。
「すげーな、翼」
　登校してきた小嶋くんが、笑いながら翼の肩を叩いた。
　昨日の告白を思い出して、心臓が騒ぎだす。

そうだった。翼にキスをされる直前に……。
 不意に小嶋くんと目が合って、反射的に逸らしてしまった。
 しまった。今の、絶対に印象悪……。
「キス特集」
「!?」
 瞬間、至近距離からとんでもない音声が耳を貫いて、びっくりして飛び上がった。
 ポンッと弾けるように、一瞬で唇の感触を思い出す。
「キ……、え!?」
「あ、ごめん、声に出してた？　これだよ、これ」
 動揺するあたしとは裏腹に、雑誌を指差す仁奈は冷静。
 雑誌の見開きのページには、読者投稿の記事。
 今月号のテーマは、『はじめてのキス』。
 なるほど……。
 汗かいた。
「ちょ、見てよ、小学生の時すでに３人としちゃってたんだって。どうなってんの、ここの小学校。やばくない」
「そ、そうだね……」
 雑誌を凝視しながら不満げに漏らす仁奈を横目に、とても居心地が悪い。
 思い出したくないのに、勝手に脳内再生を始めて、顔が燃えそうに熱い。
 紙面上の『キス』の２文字すら視界に入れられず、前に視線をやってみても、翼と小嶋くんが同時に目に飛びこん

でくる。
　あたしはまたすぐに顔を伏せた。
　どうしよう。どこを見ても、居心地が悪い。
　あたしを好きだと言ってくれた人と、あたしにキスをした人が、隣同士で話をしている。
　どんな状況なの、これは。
　雑誌を見るでもなく、ただ下を向くだけのあたしを、仁奈が不思議そうに覗きこんだ。
「どした？　このは。なんか今日おかしいよ」
「え、あ……、あのね……」
　顔を上げて、口を開いたけど、言葉を喉元(のどもと)で止めた。
「……ごめんね、なんでもない。朝ごはん食べなかったからお腹減っちゃって……」
「もー、何それー」
　笑う仁奈を見ながら、あたしも笑みをつくる。
　小嶋くんからの告白を、話してしまいそうになった。
　ダメ。真剣に伝えてくれた気持ちを、簡単に人に言うなんていけない。
　あたし、どうしたいんだろう……。

　放課後になるまで、あたしは翼と小嶋くんの顔をまともに見られなかった。
　小嶋くんへの返事……。
　考えてって言われたけど、いつまで保留にしていいんだろう。

付き合うってことは、手を繋いだり……、ふたりでどこかに遊びに行ったり、……キスをしたり。
　……で、できない！
　無理無理、男の子とそんなこと！
　キスって、あれでしょ？　昨日、翼にやられた──。
「……っ」
　だから、最終的にあれを思い出すこの思考回路をどうにかしてほしい……。
　……だめだ。いくら考えても、小嶋くんと付き合う自分を想像できない。
　ちゃんと断らないと……。
　放課後になったのに、自分の机でうんうん唸っていたら、雨音が聞こえだした。
　雨降ってきちゃった。
　傘持ってきてないのになぁ。すぐ止むといいけど……。
「あのー、内海？」
「わあ!?」
　横からかけられた声に、ビクッと体がこわばった。
　窓から目を離すと、そこには小嶋くん。
「あ……」
　昨日の返事を求めに来たのだろうかと、緊張する。
　ごくんとひと息呑みこんで、すうっと息を吸いこむ。
「こ、小嶋くん、あたしね……」
「はい、これ」
「あ、……え？」

すっかり返事の催促だとばかり思っていたから、差し出されたものを見て目を丸くした。

手の平にちょこんと乗せられたのは、……チョコ？

お得用の、大袋にいっぱい個別包装されて入ってあるうちのひとつ。

なんであたしにそれを……。

頭の上はハテナだらけ。

意味を知りたくて小嶋くんを見ると、

「えっと、内海、朝ごはん食べてないとか言ってんの、聞こえてきたから……」

確かに言ったけど。仁奈に。

「今さら遅いって感じだよな。ごめん……。朝からずっと渡そうと思ってたんだけど、タイミング失って、結局こんな時間に……」

小嶋くんは、言葉を紡ぐ度に顔が赤くなっていく。

つられて、あたしまで熱くなってくる。

そんな顔、しないで。

あたしは、断ることばかりを考えていたのに……。

「あ、賞味期限過ぎてないから！　ポケットに入れてた、俺の非常食」

「非常食……。……ふふっ」

あ、笑っちゃった。

真剣な顔で、おもしろいこと言うから。

「ごめんなさい……」

「なんで？　内海の笑った顔、好きだよ」

「っ」
　さらっとそんなことを言うから、言葉を失ってしまう。
「そんなこと、男子に言われたことないから……なんて返したらいいのかわかんない……。ごめん」
「翼には?」
「翼?　言うわけないよ、そんなの……」
　翼の気持ちなんて、少しもわからない。
　小嶋くんと話をしながらも、唇の感触が消えてくれない。
「へー、そっか。なら、俺の方がちょっと勝ってんのかな」
「勝つ……?」
　なんの勝負?
　わからなくて、首をかしげるあたしを見て、小嶋くんがニコッと笑った。
「俺、絶対内海に好きになってもらうから」
　聞きなれない日本語を向けられて、あたしは何度も瞬きを繰り返す。
「…………え?」
　ものすごいことを言われたことだけは、理解した。
「これもはじめて言われた?」
「も、もちろん……」
　汗がブワッと噴き出す。
　信じられないことが自分の身に起きていて、わけもわからずすでにちょっと涙目。
　小嶋くんは、先ほどの真っ赤な顔が嘘みたいに、涼しい顔になっている。

「ご、ごめんなさい！　帰る！」
　こらえきれなくなって、あたしはその場から逃げ出してしまった。

　な、何!?　今、何が起きたの？
　小嶋くんの告白を断ることばかり考えていたのに。
　生徒玄関まで走って、壁に手をついて息を整える。
　あたし、もしかしたら、小嶋くんみたいな人と付き合ったら幸せなのかも……。
　きゅっと唇を結んで、顔を上げて玄関の外を見た。
「あ……」
　忘れてた。外はどしゃ降り。
　どうしよう……。
　徒歩通学だから、家はそれなりに近い方だけど、この雨の中で傘も無しに帰ったら、家に着く頃にはびっちゃびちゃ確定。
　同じ方向の女友達はいないし、雨がいつ上がるかもわからないし。
　中学の頃は、こんな時必ず翼が……。
「あ」
　あたしがやってきた方向とは逆の方から、見覚えのある人物が。
「は？」
　あたしに気づき、彼は目を細めた。
　また、そんな嫌そうな顔する……。

「翼、今帰り?」
「ああ」
　相変わらず目も合わせず、そっけない返事。
　ためらうことなく靴箱に向かう姿を見送る。
　左手には、シンプルな紺色の傘。
「一緒に入れて」なんて、言えない。絶対断るに決まってるし。
　そして、顔を近づけたら、また何をされるか……。
「……」
　……って、思い出すなってば……!
　昨日あんなことをされたのに、なんであたしは普通に声なんてかけてるの?　バカなの?
　翼は、靴箱から外履き用のシューズを取り出し、上履きをしまう。
「……お前、傘ないの?」
　一瞬、中学の頃の翼の記憶が脳裏を過ぎった。
　それで、笑いながらこう言うんだ。
『女子なんだから折りたたみ傘くらい持っとけよ。俺の傘、入れてやってもいいけど』
　同じ、紺色の傘。
「傘……、入れてくれるの?」
　お願い、翼。同じ言葉を返して。
　あたしはやっぱり、昔みたいに翼のそばにいたい。
　翼は、まわりをキョロキョロ見る。
　ほかには誰もいない。ここには、ふたりだけ。

何かを言おうと、翼が口を開いた時。
「内海、傘持ってないの？」
　うしろから現れたのは、小嶋くん。
「あ……、うん……。雨降るって知ってたのに、ボーッとして忘れてきちゃって」
　さっき逃げてしまった手前、とても気まずい。
　普通に考えたら、いくら逃げたところで、放課後なんだから行き着く場所は同じなのに。
　小嶋くんの顔も見られなければ、翼に目を戻すこともできない。
　ソワソワと腕を触っていると、
「じゃあ、俺の傘入ってく？」
　昔の、翼みたいなセリフ。
　だけど、それを言うのは……。
「え……、でも、小嶋くん方向違うんじゃ……。たしか、電車通だったよね？」
　小嶋くんは翼をチラッと見てから、またすぐにあたしに目を戻す。
「いいよ、大丈夫。内海の家、結構近いじゃん。内海を送ってから、帰ればいいだけだから」
　確かに徒歩圏内（けんない）なんだけど。そうなんだけど。そうじゃなくて。
　小嶋くんと……相合い傘？
　告白の返事を保留しているこの状態で？
　……無理だ！

心臓もたない。大変なことになる。
「あ、の……でも、そんな、申し訳ないっていうか……」
　どうやって断ろうかと、身振り手振りでパタパタしていると、バサッと何かが足元に投げこまれた。
　紺色の傘。
　これは、翼の……。
「え？　これ……」
　傘を拾おうと屈むと、その隙に翼はさっさとその場をあとにして、雨降りの外に飛びこんでいった。
「あっ！　待って！」
　これは、何？　傘貸してくれるってこと？
　そんなことをしたら、翼がびしょ濡れになってしまう。
「ま、待って、翼！」
　あたしがもたついている間にも、翼は外を走っていってしまう。
　追いかけなきゃと、慌てて自分の靴を出す。
　上履きをしまって飛びだそうとした時、その勢いを腕をつかんで止められた。
　小嶋くんが、うしろから腕をつかんでいる。
「翼のとこ行くの？」
「あ、あの……、追いかけなきゃ……」
「なんで？」
「なんでって、傘無いと風邪引いちゃう……から」
「それだけ？」
　小嶋くんの顔が真剣で、ちょっとにらんでいるようにも

見えて、少し怖い。
「……っ」
「ごめん。意地悪した」
　パッと手を離されて、つい安堵(あんど)のため息を漏らしてしまう。
「じゃあ……、行くので……」
「うん。内海、俺のこと考えといてね」
「う、うん……」
　あたしは今度こそ翼を追いかけて外に飛び出した。
　紺色の傘を開いて、自分の上で差す。
　傘も、甘い香りがする。
　あたしが普段使っている傘よりも、大きい。でも、ふたりが入るには狭い。
　昔のあたしは、よく平気で翼の傘に入れさせてもらってたな……。
　走っていると、足元で派手に雨水が跳ねる。
　自分の息切れを聞きながら、頭の中でいろんなものがぐるぐる回る。
　小嶋くんの告白。翼からのキス。
　だけど、今はただ翼を追いかけることだけを考えたい。
　傘は差しているけど、走っているせいで体の前の方が雨からカバーできていない。
　毎日暑い日が続くけど、雨が降ると結構冷たい。空気もひんやりしている。
　昔から、翼に足の速さで勝ったことは一度もない。

だから、家に帰るまで追いつけないことも覚悟していたのに、
「あっ……」
　……いた。
　通学路にある小さな本屋さんの軒下(のきした)で、濡れた制服を手で払っていた。
　すでに全身がびしょびしょ。
　その濡れた格好で店内に入ることをためらっているのか、眉間にシワを寄せて空を見上げている。
「……翼！」
　近づきながら名前を呼ぶと、翼はビクッと体を反応させ、ようやくあたしの存在を認識した。
「お前……」
　また、嫌そうな顔を見せる。
　そんなに嫌いなくせに、傘貸したりしないでよ、バカ。
「家まで一緒に帰ろう。風邪引くよ」
「傘使っといて、なんでそんなに濡れてんだよ」
「翼のこと追いかけたら、こうなった」
「バカなのか？」
「……」
　ここまで来てしまったら、引き返せない。
　暴言にもめげるわけにはいかない。
　あたしは傘をたたんで、翼の隣に立った。
「おい」
「あたしと帰るのが嫌なら、傘は翼が使って。……ん」

顔は見ずに、傘だけを突き返す。
　翼が傘を受け取って、ひとりでさっさと帰ってしまえば、それはそれでショックだけど。
　でもきっと、今の翼と一緒に帰るなんて、本当は無理だってわかっていたから。
「……」
「……」
　腕が疲れてきた。
　いつまで経っても傘を取ろうとしない翼が気になって、目だけで隣を見る。
「──っ」
　翼の顔が、赤くなっているように見えた。
　見間違い……？
　翼がすぐに目を伏せたから、表情も顔色もよく見えなかった。
「！」
　パッと傘を取られ、次に目に映ったのは翼のうしろ姿。
　大きな傘が、紺色に開く。
　帰るんだ……。
　あたしは、せめて雨が弱くなるまではここにいようかな。
　この状態で本屋さんの中に入ったら……迷惑かな。
　そんなことを考えて、店内を見ると、
「おい、こっち来い」
　あたしに向かって言われた気がして、翼に向きなおった。
　傘を差すその姿は、まっすぐにあたしを見ている。

「早くしろ」
「……あたしに言ってんの？」
　翼は何も答えず、あたしが傘に入るまでその場で立っていた。
「ありがとう……！」
　あたしはうれしくなって、翼に飛びかかるくらいの勢いで傘に入った。
「あんまり寄るな」
「濡れたくないんだもん」
　翼は呆れたようにため息をつく。
「傘からできるだけ顔出すなよ」
「なんで？」
「……濡れたくないんだろ」
「そっか」
　そう言った翼の傘の持ち方はすごく極端で、顔の前方にばっかり傘を傾けるから、前が見えにくかった。
　家に着くまでの距離、あたしたちの間に会話は無かったけど、それでもすごくうれしかった。
　触れそうなくらい近い肩が、遠ざかっていた距離を少し縮めてくれたような気がしたから。
　その時にはすっかり昨日のキスのことなんて忘れていて、思い出したのは自室でバニラクッキーを見つけた時だった。
　机の上に置いていたクッキーを見て、沸騰しそうなくらい顔が熱くなったあたしは、その場でへたりこんだ。

そ、そうだった……！
　だから、あたしはバカなの？
　忘れていたとかありえない。
「……」
　シンプルな透明の袋を開けると、甘くていい香り。
　ひと口かじると、大好きなバニラが広がる。
「あまい……」
　あたしはずっと、今日の翼の顔を思い出していた。

「好きなんて言ってない」

翌日は、昨日の雨が嘘みたいに、とてもよく晴れた朝。
　テレビのお天気お姉さんも、「洗濯物がよく乾く日になるでしょう」って言ってたし。
　傘は持っていかなくてもいいよね。
　……でも、もし昨日みたいなことになったら。
　また翼は傘に入れてくれるかな。
「……」
　自室の机の上に置いている、残りのバニラクッキーを見つめる。
　あたしは、昨日からちょっとおかしい。
　部屋のカーテンを開けて、窓の外を見る。すぐ隣の家は、芦沢家。
　2階にあるあたしの目の前の部屋は、翼の部屋。
　今ではもうやったりはしないけど、昔はお互いの家を行き来する手間を省(はぶ)くために、直接窓から部屋に入ったりもしていた。
　さすが子ども。怖いもの知らず。
　いくら近いからって、落ちたら大ケガだなんて考えもしないで、目の前のことしか見えていなかった。
　翼の部屋は、今ではずっとカーテンが閉まったまま。
　見る度に悲しくなるから、あたしもあまりカーテンは開けないようにしていたのに。
　この心境の変化は、相合傘のおかげかも。

「いってきます！」

いつもみたいにママに言って、家を出る。
　隣の家を見ると、扉の前には〝本日休業日。〟の札が。
　休業日なんて、めずらしい。
　何かあるのかな……。
　そんなことを考えて、自然と誰かが出てくるのを待っていると、
　——ガチャッ、リンリーン。
「あっ」
「このはちゃんおはよう」
　出てきたのは、いつもどおり翼ママだった。
　いや、別にガッカリなんてしてない。……うん。
「今日ね、翼風邪引いちゃって休みなの。傘持ってたのに、バカなんだから、あの子」
　翼ママが、呆れたように苦笑する。
　風邪……？
　それ、多分、ていうか絶対あたしのせいだ。
　確かに最後は相合傘をして帰ったけど、それまでにすでにびしょ濡れだったから……。
「あの、翼大丈夫？」
「心配してくれてありがとう。大丈夫だから、このはちゃんは学校いってらっしゃい」
「あ、だから今日お店お休みなの？」
　休業日の理由は、翼ママが看病するためかと思ったけど、
「うーん……、違うのよ。今日はね、パパと法事に行かなきゃいけなくて。翼の看病もしたいんだけど……」

と、いうことは、翼は家でひとり？
　具合が悪いのに。
「……」
「平気平気、私も早く帰ってこられるようにするつもりだから」
　あたしはよっぽど暗い顔をしていたのだろう。翼ママは慌てて声をかけてくれた。
　翼ママが大きく手を振って見送ってくれ、あたしはひとりで通学することにした。
　大丈夫かな。翼は平熱が低いから、体温が37度をちょっとこえたくらいでもすごくつらそうな顔をするから。
　小学生の頃だったら、学校が終わってからすぐに翼の家に飛びこんで、暗くなるまで眠っている翼のそばにいたけど……。
　わかってる。今はそんなことできない。
　ポケットからスマホを取り出して、トークアプリを開く。
　送ったら、迷惑かな……。
　翼にメールしたことなんて、もうしばらくないけど。
　ブロックされてたりとかは……ないよね？　……ないかな？
　翼とのトーク履歴を開いて、新しいメッセージを打ちこむ。
『風邪大丈夫？』
　歩道の端っこで足を止めて、深呼吸。
　返事、こないかもしれないけど。

息を止めて、震える人差し指で送信マークをタップ。
　はぁー、と、安堵のため息をつくと、すぐさま"既読"になって、さらに安心する。
　ブロックされてなかった……！
　返事はもらえると思っていないから、すぐにポケットにスマホを入れなおす。
　すると、
　——ピコンッ。
「!!」
　ポケットから電子音が鳴って、驚いて飛び跳ねた。
　え、まさか……返事？　翼からの？
　ドキドキしながらスマホの電源を入れると、
『このはが前に言ってた男のグループって名前なんだっけ？』
　……仁奈だった。
　ガッカリしてごめん。そんな気持ちを込めながら、返事を打つ。
　すぐにまた音が鳴って、当然のように仁奈からだと思っていると、
『平気』
「!!」
　翼！
　完全に不意打ちだった。
　返事……くれた……。あたしのことは基本無視な翼が。
　うわぁ……、すごい。

文字なら答えてくれるのかな。
『あたしが傘借りたせいだよね？　ごめんね』
　次は、うさぎのキャラクターが手を合わせているスタンプ付きで送ってみる。
　すぐに既読になって、
『お前のせいじゃない』
　また返事がきた……！
　しかも、ちょっと優しい。
　……ううん、違う。翼は元々優しい人だった。
　もしかして、今なら……、今からなら、がんばれば昔みたいに戻れるかもしれない。
「っ……」
　どうしよう。今すぐ翼に会いたい。

　……あたし、なんでここに。
　普通なら、とっくに学校に着いている頃。
　朝読書用として買った文庫本を、教室の自分の席でページを開いている頃。
　なのに。
「……」
　あたしは、自分の右手に持ったコンビニのビニール袋を見つめた。
　顔を上げれば、そこにある建物は『パティスリーVanilla』……の、裏口。
　……やってしまった。

高校入学以来、はじめての無断欠席。つまりはサボり。
　会いたくなったからって、本当に会いにいくとか、後先考えなさすぎる。
　でももう来ちゃったし。
　今から学校に行っても遅刻だし。
　ひとりで寝こんでいる幼なじみが心配だし。
　……翼の顔、見たいし。
　よし、とこぶしを握って、裏口の扉を軽くノック。
　表玄関は鍵がかかっているけど、裏口なら開いていることを知っている。
　ノックの返事はない。翼の部屋は２階だし、きっと聞こえていない。
「お、おじゃましまーす……」
　あたしは小さくあいさつをして、扉を開けた。
　昔は、結構勝手に上がりこむことが多かったこの家も、滅多に訪れることがなくなった今では不法侵入感が半端ない。
　心の中で「ごめんなさい」をいくつも繰り返し、そっと階段を上がる。
　この音で翼が起きてしまわないといいけど。
　翼の部屋の前に立ち、深呼吸。
　最後にこのドアを開けたのは、いつだっけ？
　ドアノブに手をかけて、ゆっくり回すとカチャンッと軽い音がした。
「つ、翼……？」

恐る恐る顔を出すと、ベッドの上の寝顔が目に入った。
　すぐそばにはボックスティッシュと、スポーツドリンク。
　額の上には濡れたタオル。
　鼻が詰まっているのか、苦しそうに口で呼吸を繰り返している。
　寝てる……。
　ホッとしたような、残念なような……。
　通学用のリュックとコンビニ袋を床に置いて、ベッドのそばに座る。
　あ、枕元にスマホ。ここで返事をくれたんだ。
　寝顔を見ている。ただそれだけのことなのに、なんでだろう。胸がきゅっと締めつけられて、苦しいのは。
　掛け布団から翼の手がはみ出ているのが見えて、その手を取って布団の中に入れる。
　あれ？　翼の手って、こんなのだっけ？
　あたしの記憶の中では、もっと丸くて小さかったはず。
　こんなに、骨張っていて指が長い手じゃなかったのに……。
「──っ!?」
　布団の中で突然手を握られ、声にならない悲鳴を上げた。
　翼の目が薄く開いて、ぼんやりした様子であたしの姿をとらえる。
「この……は……？」
　え？　今……。
「なにしてんの……」

翼はだるそうに口を開いて、あたしの目を見た。
　このはって、言った……？　今。
　小嶋くんに、あたしの名前は呼ばないとはっきり告げていたその口で。
　勘違い？
「ご、ごめん、勝手に入っちゃった……」
　あ、泣きそう。
　本当に名前を呼ばれたかもわからないのに、それだけで。
「お前は……、俺が風邪引いてても、どんな時でもそばにいたがるよな……、うつるぞ」
　熱でつらそうな顔が、柔らかく笑顔に変わる。
　つかまれた手が熱い。
　今なら、本当に、昔に戻れるのかもしれない。
「翼、あの……」
「あれ……？」
　薄く開いたまぶたが、ぱっちりと開いて、濡れた黒目に光が宿った。
　あたしを見て、何度も瞬き。
「……は!?」
　そして、ベッドの上でザッ！　と飛び退いた。
　え、ちょっと、まさかとは思うけど……。
「なんでお前がいんだよ！」
　……寝ぼけてた？　さっきの。
　翼の顔が赤いのは、きっと熱のせい。
「……お見舞い」

翼の意思で、あたしの名前を呼んだわけじゃなかったの？
落胆を隠しきれない。
「いや、学校は」
「……」
「おい、目を逸らすな」
にらむようにじーっとあたしを見る目を、わざと外す。
翼が自分の意思であたしを見るなんてめずらしいこと、次はいつ訪れるかわからないのにもったいない。
……じゃなくて。
「学校……途中まで行ったよ。でもコンビニ寄ってから、引き返してきちゃったの」
「サボりか」
そうですけど、何か。
翼は、これだけの理由じゃ納得していない。
だって、まだあたしのことを見ている。
「翼が……、さっき言ったんじゃん。熱が出てもそばにいたがるって。そのとおりだよ。それだけ……」
なんだか怒られそうな気がして、怖々と翼の顔を見る。
……予想とは違う表情をしていた。
顔が赤いのは、……熱のせいなんでしょ？
目が離せない。
次に目を逸らすのは、翼の番。
口元を手の甲で隠して、
「俺、そんなこと言ったか……」
「うん、言った……」

「忘れろ」
「やだ」
「あのなぁ」
　やだよ。絶対忘れない。
　今の顔も。
　忘れてあげない。
　単純なあたしはうれしくなって、あっという間に笑顔をつくる。
「あのね、お見舞いだから一応手みやげもあるんだよ。翼、これ好きでしょ」
　コンビニのビニール袋に手を伸ばす。
　中から取り出したのは、ホイップクリームがたっぷり乗ったカスタードプリン。
　ケーキ屋の息子にこれをあげるなんて、ケンカを売っているように見えなくもないけど、翼自身がよく買っているのを見ていたし。
「今食べたくないなら冷蔵庫入れてくるよ」
「ああ、うん、……どうも」
　あ、これは喜んでくれているのかも。
　少し迷惑そうには見えるけど、今日の翼はあたしを無視しない。それだけで充分。
「じゃあ冷蔵庫入れてくるね。ついでにおでこのタオルも濡らしてこようか」
「…………ん」
　目を逸らして、タオルを受け渡す姿ですらうれしい。

タオルなんて、本当は、この部屋に戻ってくる口実が欲しかっただけ。
「そのまま帰れ」って、言われてしまわないように。
　うん、大丈夫。今日は、翼のそばにいられる。
　あたしは立ち上がり、部屋のドアを開けた。
　ガタッ。
「……？」
　下から、物音が聞こえたような……。
　トン、トン……。
「──!!」
　あたしは、うしろ手に扉を閉め、再び翼の部屋へ。
「？　何」
　青くなっているであろうあたしの顔を、翼が不思議そうに見る。
「ま、ママ……、ママがいる……」
　階段の下で微かに見えたのは、確かに自分の母親の姿だった。
　すると、翼は思い出したかのように「あ」と漏らし、
「そういや、うちの母さんが、おばさんに俺の様子見るように頼んだって言ってたかも」
「えー！」
　困る！
　学校に送り出したはずの娘が、実はサボって隣の家にいたとか。
　バレたら怒られる。それはもう鬼のように。

「ど、どうしよう！　どうしよう！」
　なんて、焦って隠れる場所を探している間にも、階段を上がる足音は大きくなっていく。
　ベッドの下……は、狭すぎて体が入らない。
　あ、クローゼット！
　やっと見つけた！　と思った瞬間、翼に手を引かれた。
「翼くーん？　このはのママだけど。具合どう？」
　ママ、人の家で、年頃の男子の部屋なんだから、ノックはした方がいいと思う。
　あたしは暗くて狭い場所で、心の中で抗議した。
「すいません、ありがとうございます……」
　控えめにお礼を言う翼の声が、すごく近い。
　現在地、ベッドの上。頭まですっぽり布団をかぶって、翼の隣。
　翼があたしを隠した場所は、よりによってここだった。
　これ、バレないのかな……。
　翼の背中にぴったりとくっついて、息をひそめる。
「翼くん、朝ごはん食べられなかったって聞いたから、雑炊作ってきたんだけど、食べられるかな？」
「ありがとうございます、いただきます」
　ふたりの会話が、くぐもって聞こえる。
　翼は、寝転がったまま受け答えをしている。
　そうじゃなきゃ、うしろに隠れているあたしの存在がすぐにバレてしまうから。
　心臓の音が大きすぎて、よくわからない。

このドキドキは、きっとあたしのもの。
　だって翼が、あたしのことで心音を乱すはずがない。
　翼の服を、きゅっとつかむ。ピクッと背中が反応した気がした。
　熱い。酸素が少ない。
　甘い香りに、くらくらする。
「水分足りてる？　飲み物何か持ってこようか？」
　ママ、お願いだから早く行って。あなたの娘が、酸欠でどうにかなりそうです。
「すいません、大丈夫です」
　翼は、あくまでも冷静に受け答えをする。
　表情は見えないけど、どうせいつもみたいに涼しい顔をしてるんだ。あたしと違って。
「そう。おばさん、隣の家にいるから、何かあったら電話してね。すぐ来るから」
「ありがとうございます」
　やっといなくなる。そう思って安心した時。
　ぐぅー。
　あたしのお腹が、空気を読まない音を立てた。
「……」
「……」
　翼とママが沈黙して、
「ふふ、よかった。食欲出たみたいで。お大事にね」
　ママが笑って、部屋を出ていった。
　パタン、と扉が閉まり、階段を下りていく音が完全に聞

こえなくなってから、あたしは布団から顔を出した。
「っぷは……！」
　水中から息継ぎをするみたいに、空気を吸いこむ。
　布団の外は、涼しい。
「お前なぁ、俺が腹鳴らしたみたいになっただろ」
「ご、ごめんってば。だってママの雑炊、おいしいんだもん……」
　そんな頭の悪い言い訳をすると、
「ふ……」
　翼が笑って、しまったと思ったのか、すぐに目を逸らされた。
　隠したって、もう遅いよ。ちゃんと見たから、笑顔。
「食いたいなら、お前少し食えば」
「いいの？」
　机の上に置かれた、ひとり分の土鍋。すぐそばには、受け皿とれんげ。もちろん、ひとり分。
「いいよ、俺まだあんまり食欲ねーし」
「えっ、大丈夫!?」
「うわっ」
　あたしは飛びつくように翼の額に手を当てる。
「そんなに熱高いの？　だるい？　気持ち悪い？　洗面器とかいる？　ほかに何か欲しいもの……」
「おい……」
　翼にジト目で見られ、ハッと気づく。
　ベッドの上。翼に乗るように正面から近づいて、ぴった

り額に触るあたし。
　なんだかすごい体勢になっている。
「っごめん！」
　両手を上げて手を離し、慌ててベッドから下りる。
　翼の顔が赤いのは、だから熱のせいだってば。
　あたしの顔が熱いのは、……夏のせいとかじゃないけど。
　やっぱり、なんか、あたしおかしい……。
「い、いただきます！　……って、本当に食べていいの？」
　今の出来事をなかったことにするかのように、わざと大きな声で言う。
　土鍋の前で手を合わせてから、気になって翼の顔を見た。
「せっかく作ってもらったのに、残すの悪いから。少し食ってもらった方が助かる」
　そっか、なるほど。
　納得してから、また気づいた。
　ひとつの土鍋に、ひとつの受け皿。そして、ひとつのれんげ……。
　これは、このままだと間接キスになるのでは……。
　れんげを持って、また翼を見る。
「？　何」
「ううん……」
　いぶかしげな表情を返されて、あたしは土鍋に向きなおった。
　翼はきっとこんなの全然平気で、気にしてるのはあたしだけなんだ。

ママの雑炊はいつもどおりの味だったと思うけど、熱くてよくわからなかった。
「ごちそうさま……」
　思い悩んだら、急に食欲がすうっと引いてしまって、3口ほどでれんげを置いた。
「終わり？」
「うん。翼、食べる？　あーんってしてあげようか」
「やったら叩く」
「……」
　仮にも女子に、叩くって言うとか。紳士性の欠片(かけら)も無い。
「昔はよくやってあげたのに」
　膨(ふく)れて言った言葉に、
「いつまでそんな話してんだよ」
　ため息混じりに、呆れた様子で返された。
「昔と同じで、なんで悪いの？」
　意外なことを言われた。そんな顔で、翼があたしを見る。
　知ってる。仲がよかった頃に戻りたいのは、あたしだけ。
　昔みたいに毎日一緒にいたいのも、あたしだけ。
　翼は女嫌いだから。
　あたしのことが嫌いだから。
「知らないくせに。あたしがいつもさみしいこと」
　自分の発言にツンと目の奥が熱くなってくるけど、ぐっと我慢。
　泣いたらウザく思われるだけだ。
「なんでキスしたの？　翼が言ったとおり、ずっと翼のこ

とばっかり考えてるよ。よかったね！」
　頭が混乱して、自分がおかしなことを言っていることにも気づかない。
　無意識に、長袖の上から腕を触る。その仕草を、翼は見逃さなかった。
「キスって、好きな人にするものだと思ってた……」
　小さな、震える声。
　翼まで聞こえたのかわからなかったけど、
「俺は……、好きなんて言ってない」
　同じく、小さな声で返された。
　相変わらず、目は合わせてくれない。
「バカ……。翼はどうせ、間接キスだって平気なんでしょ。……帰る」
　涙がこぼれる直前で、その場から立ち上がった。
　自分が今日何をしに来たのか、忘れてしまいそう。
　バカ、バカ、バカ。
　翼のバカ。
　だけど、キスをされて嫌じゃなかったあたしは、もっとバカなのかもしれない。
　１年前のあのキスも、翼だったらよかったのに。……なんて。
　そんなことを考えたところで、無駄なのに。
　ドアノブに触れる。
「お大事に」
　扉を閉める直前でそうつぶやいた。

――パタン。

「平気なわけないだろ」
　翼が扉に向かって放った言葉は、あたしには届かなかった。

「幼なじみなんか嫌だ」

「……よし」
　学校のトイレの鏡で自分の顔をチェック。
　顔を洗っていた、水道の蛇口(じゃぐち)を止める。
　目も赤く……なってるか、ちょっとは。でも、これくらいだったらごまかせるんじゃないかな。
　あたしは思いっきり遅刻をして、教室に入ることにした。
　一応、授業中は避(さ)けて休み時間まで待ったとはいえ、途中参加は気まずい気持ちになる。
「お、おはよう――……」
　そーっと教室を覗くと、友達と雑談をしていた仁奈が一番最初に気づいてくれた。
「このはー、どうしたの？　今日休みかと思ったよ」
「う、うん、あの……、ちょっと」
　ほかの子もいることだし、真実は仁奈とふたりきりになった時に話そう。
　仁奈しか、翼と幼なじみだってこと知ってる子いないし。
　本当は、学校を休みたかった。翼とあんなことがあったばかりで、何事も無かったかのようにいつもどおりを演じて過ごすなんて自信がなかったから。
　でも、家にはママがいるし、サボりなんて100％の確率で怒られる。
　それに、ひとりきりで部屋にいる方が考えこんでしまいそう。
「今日ね、芦沢くん休みなんだって」
　仁奈が口にするその名前に、心臓がドキッと跳ねる。

「そ、そうなんだー……。どうりで休み時間なのにほかのクラスの女子が集まってないと思ったよー……」
　見事なまでの棒読みに、仁奈が疑いの眼を向ける。
「あのさ、このは、実はちょっと大変なことになってんだけど」
「大変なこと？」
　仁奈が、言いにくそうにあたしから視線を外したり合わせたり。
　そうこうしているうちに、近くにいた別の友達、アイリが話の輪に入ってきた。
「ねー、このはは知らない？　芦沢くんと相合傘してた女子！」
「っ!?」
　相合傘!?　……とは、昨日の？
「え？　あ、あああ相合傘って？　つば……芦沢くんと？」
　あたしが激しく動揺する様を、仁奈は気の毒そうに見る。
「なんかね、隣のクラスの子が昨日見たんだって。芦沢くんと、うちの学校の女子が相合傘してんの！　もー、誰ー！　女子みんなに冷たいから安心してたのに！」
「え、えー……、そうなんだー……」
　棒読みでアイリに相づちを打ちつつ、あたしは冷や汗が止まらない。
　確かに学校のすぐそばだったけど、まわりに校内の人がいるなんて全然気がつかなかった。
　傘を深く差されすぎて、前方ですら見えにくかったし。

あれがあたしだなんてバレたら、とんでもないことになる。
　痒(かゆ)くもないのに、しきりに腕を触ってしまう。
　詳しく聞きたいけど、怖くて声が出ない。
「それってさ、芦沢くんを見た隣のクラスの子は、女の子の顔まで見なかったの？」
　そんな気持ちを察してくれたように、仁奈が代わりにアイリに声をかけてくれた。
　め、女神……！
「うーん、傘で、顔までは見えなかったんだってさぁ。制服はうちのだったらしいけど」
　残念そうに肩を落とすアイリに、ホッと胸を撫で下ろす。
　よかった……。翼の傘の差し方のおかげで、たまたまそうなったんだ。
「でもさぁ、それじゃ芦沢くんの方だってわかんなくない？ 顔見えなかったんでしょ？」
「ほら、芦沢くんっていつも紺色の傘じゃん？　見た子がそれ覚えてたんだって」
「うっわ、そんなとこまで見てんの？　怖ぁー」
「仁奈、それほかの子の前で言わない方がいいよー？　もう、朝から犯人捜(さが)しで大騒ぎ」
「いや、犯人て。何？　アイリも芦沢くんのファン？」
「イケメン嫌いな子とかいなくない？」
「まあね」
　仁奈たちの会話を、あたしはどこか遠くで聞いているか

のような錯覚に陥っていた。
　相合傘をしていただけでそんな騒ぎになるくらいなら、キスしたことがバレた日なんて……。
　考えたくもない。
　相手があたしだってバレていないってことは、きっと家までついてきたりはしなかったんだ。
　あたしと翼が一緒にいたことを唯一知っているのは、小嶋くんだけ。
　そんな話が広まっていないってことは、小嶋くんが黙ってくれている証拠。
「……」
　まだ雑談を続けている仁奈とアイリの会話をよそに、あたしはひとりで青くなっていた。
「……。……ねー、このは、トイレ付き合ってくれない？」
「え？　……あ、うん！」
　仁奈が、アイリに「ごめんね」とひと言付け加え、あたしの手を引いて教室を出た。
　仁奈があたしを連れていくのは、当然のようにトイレではないところ。1階の階段の下。
　まわりに誰もいないのを確認して、仁奈はあたしに詰め寄った。
「芦沢くんと相合傘したのって、このはなんじゃない？」
「うん……、実は」
「やばいって。だいぶ大事になってるよ。このは犯人扱いされちゃってるから」

「こ、殺される……」
「いや、さすがにそれはないだろうけどさ」
　先ほどまで緊迫(きんぱく)した様子だった仁奈が、ふふっと笑い声混じりにツッコミを入れる。
　あたしもつられて苦笑するけど、本気で笑いごとではない。
　だって、実際に……。
「昨日雨だったでしょ？　あたし傘持ってなくて。翼が貸してくれて、そのあと結局相合傘したんだけど、あたしに貸してる間に濡れちゃったから今日は風邪引いちゃったっていうか……」
「あー、だから芦沢くん休みなんだ？　このはが遅刻したのも、それ関係？」
「……お見舞いには行ったんだけど、ケンカしたから学校来た……」
「病気の人とケンカとか、元気だね」
　仁奈が呆れた様子でため息をつく。
　困っている顔を見て、あたしは安心していた。翼と幼なじみだってことを知っても、相合傘をしたことを知っても、味方でいてくれる親友に。
「仁奈……、あたしと翼のこと黙っててくれる？」
「当たり前じゃん。その代わり、いろいろ話聞くからね。何かあったんでしょ？」
「う……」
　それはそうだ。自分だけなんて、都合よすぎることが通

るわけがない。
「……」
　あたしは視線をキョロキョロさ迷わせ、意を決して左腕のシャツをまくった。
「仁奈、見て……これ」
「ん？　……え!?　どうしたの、痛そう！」
　長袖シャツに隠された腕には、昔の傷痕。細長く、皮膚が盛りあがっている。
「ううん、もう全然痛くないんだ。これ、去年の傷だから」
「中学の時？」
「うん……」
「なんか……、刃物か何かで切られた痕に見えるんだけど……」
　恐る恐る聞いてくる仁奈。
　あたしはドキドキと騒ぐ胸を手で押さえた。
　思い出すと、まだ震える。
「これはね、翼のことを好きな女子にやられたの」

　中学3年生、初夏のことだった。
「おい、このは。いい加減、俺が迎えに来る前に起きろ」
　のんきに気持ちよく自室のベッドで眠っていたあたしは、いつものごとく翼の声で目が覚めた。
「んー……、おはよう翼」
「全然お早くねーよ。大体、いっつもお前のせいで俺まで遅刻ギリギリだわ」

目をこすって、起き上がる。
　今日もやっぱり甘い香りがする。
　優しい幼なじみに甘えて、あたしは学校の日は毎日翼に目覚まし係を任せていた。
「早く着替えろ。ごはん食ってこい。俺は、お前の母ちゃんじゃねーんだぞ」
「ん……、翼はママよりママみたい」
「ふざけんな」
「いたっ」
　パシッと頭を小突かれ、ようやくパッチリと覚醒した。
　これが日常で、当たり前だった。

「いってきまーす！」
　ママに見送られ、あたしと翼は一緒に家を出た。
　中学校までは、徒歩通学。
「このは、今日放課後暇？」
「暇だよ。なんで？」
「母さんが、また店手伝ってほしいって」
「うん、行く！　今日はなんのケーキがもらえるかな〜」
「ブタになるぞ」
「もう！」
「いてっ」
　隣を歩く翼のうしろ頭を張り飛ばす。
　少しの違和感に、叩いた自分の手の平を見つめた。
　……あれ？

「暴力女。……なんだよ？　自分の手痛めたか？　ざまぁ」
「可愛くない、翼ー！」
　笑っている翼を見上げる首が痛いことに気づいた。
　そっか。背、伸びたんだ。どうりで頭に手も届きにくいと思った。
　あたしの名前を呼ぶ声も、いつの間にか低くなって。
「ねー、今日はバニラクッキーある？」
「お前、ほんとにそれ好きだな」
「翼んちのお菓子は全部好きだよ」
「はいはい、サンキュ」
　仲がいいのは、小さな頃から変わらない。
　変わらない……のに。
　最近、ちょっとだけ居心地が悪い。
　その原因は……。
「ねぇ、また翼くんとあの子一緒なんだけど……」
「付き合ってないって言ってたもん。あたしは信じる！」
　学校に近づくにつれて、チラチラ見られながらのひそひそ話も、少し慣れつつある。
　翼の背が伸びだして、声も低くなって、男らしくなってから、今までになかったまわりの視線が痛い。
　翼自身も、もちろんあたしだって変わらないのに、まわりが変えていく。
「またお前ら一緒かよー！　付き合ってんだろ？　もうチューくらいした？」
「チューとか、言い方バカかよ！　した？　翼、どんな感

じ?」
　そして、教室に入ったら入ったで、クラスの男子にからかわれる。これも、最近ではもう日常だけれど。
　こんなはやし立ては、基本的には無視。
「おはよう、芦沢くん。あのね、先生に数学のノート提出しなくちゃなんだけど、ある?」
　クラスの女子ふたりが、そわそわした様子で翼に話しかける。
「おはよう。はい、ノート」
「あっ、ありがとう!」
　翼があいさつを返しただけなのに、それだけでふたりとも真っ赤な顔で「きゃあ」と喜んだ。
　おはようって言っただけなのに。ノートを渡しただけなのに。
　しかも、ニコリとも笑わなかったんですけど、この男。
　翼の顔や存在には、たったそれだけで異性を舞い上がらせる効力があるらしい。
　そんなことを思いながら、じーっと翼の顔を観察していたら、いぶかしげな目を向けられた。
「なに?」
「なんでもないよ」
「……」
「痛い!」
　何が気に入らなかったのか、翼はあたしに無言でデコピンをした。

翼はモテる。きっと、クラスの女子のほとんどは、翼のことが好き。
　だから、そんな人のそばにいるあたしは、女子には遠巻きに見られるし、たまに微妙な嫌がらせもされる。
「幼なじみとかじゃなかったら、このはレベルの子がそばにいるとか、ないよね」
　聞かせようと思っていたのかなんなのか、あたしたちをチラチラ見ながらの女子のコソコソ話は、一言一句逃さずに聞こえた。
　当の本人、翼は全て無視。それがなんだか心強い。
「翼……、もう一緒に登校しない方がいいかな？」
「お前、俺いないと起きれねーだろ」
　あたしがこっそりと告げると、弱いところを突かれた。
　た、確かに……。
「ごめん……。翼の声、一番起きやすい」
「バーカ」
「！」
　翼は下を向いていたあたしの額に触れ、前髪をくしゃっとさせた。
「このはは気にしなくていいんだよ」
　翼の笑顔が好き。ほかの女の子には素っ気なくても、あたしには優しく笑ってくれる。
　幼なじみの特権。
　ずっとこのままでいられたらいいのに。
「翼、いちゃつくのもそのへんにしとかねーと、あそこの

女子とかこえーぞ？」
　男子のひとりが、苦笑いであたしたちにだけ聞こえるように小さな声で忠告めいた言葉を。
　差された指の先には、女子の集団。クラスではリーダー的な存在の、本田さんたちグループ。
　あたしをまっすぐにらんでいるように見えて、ぎゅっと心臓が縮んだ。
　あまりしゃべったこともないから親しくないし、目をつけられると怖い。
　本田さんも、翼のことが好きなのかな……。

「いいなぁー、このはは芦沢くんと仲がよくて！」
　給食の時間。机をくっつけて一緒に食べている友達が、うらやましそうに唇を尖らせた。
「ね。幼なじみとかずるいよー」
　別の友達も、賛同しながら話に混ざってきた。
　普段は他愛もない話をして、しゃべっていると楽しいと感じるのに、この話題になるとどうしたらいいのかわからなくなる。
　翼とはただの幼なじみで、友達なのに。
「付き合ってないって本当？」
「うん、付き合ってないってば」
　その話、やめてくれないかなぁ。困る……。
「だったらさ、あんまりくっつかない方がいいんじゃない？　芦沢くん狙いの子いっぱいいるんだから」

「そうだね。彼女でもないのに毎日一緒とか、ムカつくと思うよ」
　なんか、その理由で翼に近づいちゃいけないとか、納得できない。
　答えないことが、ささやかな抵抗(ていこう)。
　──あたしはまだ、子どもだった。

　予想していなかったわけじゃない。ただ、これが予知にならなければいいという願望はあった。
　昼休み終了間際。
　あたしは、体育館裏に呼び出されていた。
　物語の中では、見たことがある。気になっている男子からの、甘い告白。
　……とか、今にも逃げ出したい気持ちでいっぱいのあたしの現実逃避。
　校舎の壁を背にして、目の前で壁ドンをしてくるのは、もちろんイケメン男子などではなく……本田さん。うしろには、仲間の女子３人。
　やばい。これも物語とかで見たことあるやつ。
「あんたさぁ、ウザいんだけど。毎日毎日翼くんのまわりうろついてて。消えてくれない？」
　消えるとか無理です、マジシャンじゃないんで。
　……なんて返しは、逆上させるだけだよね。
「あ、あの、あたしと翼、別に付き合ってるとかじゃないんで……」

「そんなの知ってんだよ！　彼女でもないくせに馴れ馴れしくしてんのがムカつくって言ってんの！」
「！」
　耳元で大声で叫ばれて、思わず顔を背けた。
　耳痛い……。
　幼なじみに馴れ馴れしくして、何が悪いの。
　本田さんだって、彼女じゃないくせに。どの立場から、あたしにこんなことを言うの。
　……って、正直に言えたら苦労しない。
　本田さんから目を離して、うしろの女子を見る。
　全員あたしをにらんでいて、下手な行動をとれば簡単にシメられるかも……。
　本田さんは、クラスのヒエラルキー頂上の人物。敵に回せば、つまりは女子全員を敵に回すことに等しい。
「……」
　だけど。でも……。
　翼に近づくなと言われて、簡単に首を縦に振りたくない。
　だって、そばにいたいのに。
　何も発せずに黙りこんでいると、昼休み終了のチャイムが鳴って、
「チッ」
　本田さんは舌打ちをして、仲間と一緒にその場を去った。
「……っはぁー！」
　本田さんたちの姿も見えなくなり、あたしは息継ぎのように大きく息を吐いた。

気が抜けて、その場にへたりこむ。
危なかった……。
去年は、こんなことなかった。
背が伸びて、声が低くなって、大人っぽくなってから。皆、やっと翼に気がついた。
見た目が変わる前から、ちっちゃくても翼はちゃんとかっこよかったもん……。
膝(ひざ)を抱えて体育座りをして、顔を伏せてうんうん唸る。
しばらくそうしてから、
「……。……遅刻！」
あたしは飛び出した。

「お前、さっきどこ行ってた？」
「え？」
遅刻して参加した５時間目の授業も終了して、ぐったりと机に突っ伏していたら、いつの間にか翼がそばにいた。
「さ、さっきって？」
うまく目を合わせられず、挙動不審(きょどうふしん)気味に質問を返す。
「昼休み。いなかっただろ。お前の友達もずっと教室にいたし」
「あー、うん……。トイレ」
「ひとりで行けんのか？」
「女の子にそんなこと聞かなーい！　もう……。翼、ずっとあたしのこと捜(さが)してたの？」
話題を変えたくて、冗談交じりに笑ってみせると、

「このはが見える場所にいないと、落ち着かないんだよ」
　そんな言葉に、頬が熱くなった。
　翼にこんな思わせぶりなことを言われたら、大半の女子は確実に勘違いする。
　だけど……。
「も、もう！　あたしの方こそ、翼のママみたいだね。ねー？　翼ちゃん」
「バカ」
　コン。と、手の甲で頭を小突かれる。
　その様子を、本田さんは鋭い眼差しで見ていた。
　夏なのにサーッと背中が寒くなって、あたしはすぐに翼から離れる。
「ねーねー、梢(こずえ)ちゃん、さっきのノート見せてくれない？」
「いいよ。このは、さっき遅れてきたもんね」
「ありがとう」
　友達のそばに行って、チラッとよそ見。
　翼も、本田さんも、あたしを見てはいなかった。
　こんなの、ずっと続くのかな……。

「このは、帰るぞ」
「うん！」
　放課後。翼に帰宅を促され、あたしは元気に席を立った。
　やった。家に帰れる。
　学校さえ出れば、そこから先はあたしたちふたりきり。
　緊張することも、遠慮することも、怖がることもなくな

る。
　翼は、「このはは気にしなくていい」って言ってくれるけど……、それはやっぱり難しいから。
「お腹減ったね、翼」
「はいはい、そんな催促しなくても、母さんがちゃんとお前の分のお菓子用意してるって」
「やった。しっかりお店手伝うね」
　そんな会話をしながら、教室を出ようとした時。
「翼くん、ちょっと話があるんだけど」
　呼ばれたのは翼だけど、あたしも一緒に振り向いた。
　ギョッとして、つい身を退いてしまったのは、そこにいたのが本田さんだったから。
　昼休みのことが、一瞬で脳裏を過ぎる。
「何？」
「ここではちょっと……」
　あの時とは打って変わって、翼の前ではしおらしい態度。
　あたしには思いっきり力を込めて壁ドンしたくせに。
「俺、今日急いで帰んなきゃダメなんだけど」
　翼の中での優先順位は、本田さんの話よりも家の手伝い。
　それは言うまでもなく、この振る舞いを見れば丸わかりなんだけど……。
　なぜかあたしがにらまれている。
「い、いいじゃん、翼。話くらい聞いたら？　あたし先に帰っとくよ」
　本田さんの用事。それは多分……、絶対告白。

翼が本田さんと付き合ったりしたら、どうしよう。
　そう思わなかったわけではないけど、今はがんばって気を使うことでいっぱいいっぱい。
　放課後に翼が告られることは、これがはじめてじゃない。
　今日は翼よりも先にお店の手伝いを始めてよう。うん。
「じゃあね、バイバイ」
　精一杯笑顔をつくって、ふたりのそばから離れようとしたら、翼に腕をつかまれた。
「待ってろ」
「え」
「俺も、お前に話あるから」
「あ、うん……」
　今から告白をする女の子の前で、そんなことしちゃダメだよ。
　つかまれた腕が熱くて、だけど本田さんの視線も痛くて、顔を上げられなかった。

　翼のことは、教室の自分の席で待つことにした。
　誰もいない放課後。
　先生も……、いない。よし。
　あたしは、こっそりとスマホを取り出し、電源を入れた。電子書籍アプリを開いて、無料連載漫画のページに。
　あの漫画、今週はどんな展開になってるだろう。
　指で画面をスワイプ。
「……」

可愛い少女漫画の絵を見ていても、気が散って集中できない。
　翼が、今度こそ告白をOKしてしまったらどうしよう。
　いや、どうしようもないんだけど。
　本田さんが彼女は嫌だなぁ……。怖いし。
　ていうか……誰が彼女でも、嫌かも……。
　スマホを置いて、机にだらんと体を預ける。
　翼に大切な女の子ができたら、あたしはもう一緒にいられない。
　朝起こしに来てくれることも、登下校を共にすることも、きっとなくなる。
　ちゃんとわかってる。
　いつも一緒。そんなの、ずっとは続かないこと。
「はぁ……」
　ため息をひとつついて、顔を上げる。
　そういえば、翼の話ってなんだろう。愛の告白とかだったりして。……なんて。
　自分の想像に、自分で笑ってしまう。
　……ないか。
　翼にとってのあたしは、世話の焼ける幼なじみ。
　——ブーブーッ。
「わ！」
　閉じたはずのスマホがブルブル震えて、驚いて机から落としてしまいそうになった。
　トークアプリに、翼からのメッセージ。

『今どこ』
　文末にハテナくらい付けようよ。でも、シンプルで翼らしい。
『教室で待ってるよ』
　返事をしてから、ホッと安心した。
　翼、今日もあたしと帰ってくれるんだ。
　話があると言ったからには、当たり前なのだろうけど。
　それはつまり、彼女はできなかったということで……。
　人がふられて安心するなんて、あたし性格が悪いのかも。
「このは、帰るぞ」
「わっ、びっくりした」
　ガラッと扉が開く音と共に、翼が教室の入り口で大きな声を出した。
「なんでびっくりすんだよ。ちゃんとメール送っただろ」
「うん、ちょうど翼のこと考えてたから、本物が来てびっくりしたの」
「……」
　翼は少し固まって、
「……行くぞ」
　あたしに背を向けてさっさと歩きだしてしまった。
「あ、待って」
　慌ててスクールバッグを肩にかけて、追いかける。
　あたしに話があるって言ったのは、一体。
　他愛もない雑談をしながら、階段を降りる。
　靴を履き替えながら、ずっと聞いてもいいのか迷ってい

たことが口から滑り落ちてしまった。
「本田さんって……、あ」
　反射的に口を押さえる。
　しまった。これは、あたしが立ち入ってはいけないのに。
「ごめん、あの……」
「本田は帰った」
「そ、そっか……」
「断った」
「……」
　やっぱり告白だったんだ。
　先にスニーカーを履き終えた翼のあとをついていく。
　学校を出ると、まわりには誰もいなかった。遠くから、野球部のかけ声が聞こえる。
「あのさ、なんか話あるって言ったよね？」
　本田さんの話をしてから、あからさまに物静かになった翼に、恐る恐る声をかける。
　怒ってるのかな……。
「翼……」
「俺は」
　翼が立ち止まって、振り向いた。
「俺は、お前と幼なじみなんて嫌だ」
「――」
　――空耳かと思った。
　今、なんて……？
「え……、話って……それ？」

「ああ」
　翼の表情は、動かない。
　言われた意味が、よくわからない。
　あたしと、幼なじみが嫌だ……。
　ほんの少しだけ冷静になって、反芻。
　簡単な単語ばかりなのに理解できないのは、信じたくないから。
　翼にとって、あたしの存在は……迷惑だった？
「このは、俺は」
　翼が何かを続けようとした時だった。
「こんな時でも、その女と一緒にいるの……」
　暗い声が、背後から届いた。帰ったはずの、本田さん。
　自分のことで精一杯で、近づく人に気づかなかった。
　思いつめた瞳。ブルブルと震える手に握られたのは、カッターナイフ。
　確認できたのは一瞬で、そこからは早かった。
「あんたがいるから、翼くんが！　消えてよ！」
「このは！」
　本田さんがこちらに向かって駆けだしたのと、翼が叫んだのは同時だった。
「い……った……」
　腕を切り裂くような、熱さ。
　とっさに押さえた左腕からは、真っ赤な血が止まらない。
　そっか、これって熱いんじゃなくて痛いんだ。
　血の温度は体温と同じだから、この目で見るまで流れて

いることに気づかなかった。
　そんなことを、妙に冷静に考える。
「やめろ！」
「離して、翼くん！」
　ふたりが言い争いながらもみ合って、翼は本田さんのカッターを必死に奪う。
　あ……、翼まで手にケガをしてしまう。
　ダメ……！
「このは！　大丈夫か！」
「翼……、手……カッター離して……。血出てるよ……」
　痛い。熱い。
　表情が歪んで、うまく目を開けていられない。
「バカ！　俺の心配すんな！」
「そんなの無理だよ……」
　本田さんが、口に手を当てて、恐怖におののいているように見える。腰を抜かして、ぺたんと地面に尻もちをついた。
「このは……っ、待ってろ、今救急車……」
　翼があたしの肩をしっかり抱いて、支えてくれている。
　あたしのばかなところは、こんな状況でうれしくなってしまうところ。

　――あの日からだった。
　翼が女嫌いになったのは。

「な、何それ……」
　話を聞いていた仁奈は、青い顔で口元を引きつらせた。
「ごめんね、重い話しちゃって」
「いや、明るく言うな！」
　あたしにツッコミを入れたあと、仁奈は恐る恐る傷痕に触れた。
「も、もう痛くないの？」
「うん、平気。大丈夫」
「このはとは中学違うけどさ、そんな事件あったならうちの中学でも噂聞こえてきそうなのに……。全然知らなかったよ」
「あー……、おっきくしたくなかったから、地面に落ちてたカッターに自分から刺さったことにしたんだよね」
「そんな嘘くさいの、誰も信じないでしょ」
「んー、ビミョーかな。生徒で見てる人はいなかったからバレなかったし、先生も問題にしたくなかったっぽくて、結構簡単に済んだよ。ほら、受験生だったし。いろいろ」
「もう、このはぁ……」
　仁奈が、泣きそうな顔であたしを見る。
　痛かったし、怖かった。
　あのあと、病院から帰ってきてから熱が出てうなされたし。
　だけど、本田さんをかばったわけじゃない。
　翼が悲しい顔をするから。
　ずっとあたしの名前を呼んで、何度も「ごめん」と繰り

返すから。
　いつもみたいに「バカ」って、笑ってほしいのに。
「その本田さんって、どうしたの？」
「しばらく学校来なかったんだけど、いつの間にか家族で引っ越したみたい」
「そっか……」
　仁奈が、ホッと息を吐く。
　ここにいないことはわかっているのに、今でもたまに夢に見る。
『あんたがいるから、翼くんが！　消えてよ！』
　本田さんは、あたしたちのことを誤解していたのだろう。
　ただの幼なじみ。そんな肩書きじゃ、翼のそばにいることが許されないらしい。
「それを見られたくなくて、夏でも長袖なんだね。日焼け対策じゃなかったんだ」
「ううん、あたしはね、別に傷痕とか気になんないんだ。もう痛くないし」
「え、じゃあ、暑いだけじゃない？」
　首をかしげる仁奈に、あたしは苦笑い。
　傷痕を触る癖は、直りそうにない。
「翼が悲しそうな顔するから、これ見ると。だから、翼がいるところでは腕出したくないの」
　翼はいつも、目を細めて切ない表情でこの細い傷痕を見る。
　それが苦しくなるから、袖を伸ばして隠すことに決めた。

「あたし、嫌われちゃったから。ちょっとでもめんどくさいって思われたくないっていうか……」
　なんで避けられなかったんだろう。カッターを持っているのは、ちゃんと見えていたのに。
　そばにいるだけで、トラブルばかり引き起こすあたしのことを、翼はきっと嫌になったんだ。
「違うよ、このは、芦沢くんって……」
　――キーンコーンカーンコーン……。
　休み時間終了のチャイムが鳴って、仁奈の言葉尻は聞こえなかった。
「ごめんね、教室戻ろう。続きはあとで」
　自分でそんなことを言っておいて、重大なことに気がついた。
　この続きというと……。
『俺のことだけ考えてろ』
　店先でされたキスを……。
「う、うわぁぁぁあ！」
「えっ、ちょ、何？」
　頭を抱えて、廊下でいきなり叫びだしたあたしに、仁奈が若干引き気味で尋ねてくる。
「なんでもない……」
「そっちの方が怖い。なんでもないのに叫ぶとか……」
　そして、ドン引き。うん、わかる。
　今度こそあたしたちは教室に向かった。
『ごめん、このは』

唇を指先で撫でる。
　去年のキスは、本当に夢だったのかな……。
　まだ先生が来ていないことを祈りながら、仁奈と教室に入ると、願ったとおりになった。
　よかった。遅刻にならなくて。
　安心したのもつかの間。あたしたちを見て、妙に教室中がざわざわしはじめた。
　なんだろう。遅れて入ってきたから？
「ねぇ、このは、今の時間自習だって。ラッキーだね」
　仁奈が黒板を指差す。そこには、白いチョークでデカデカと『先生は急用につき、自習です。』の文字が。
　その代わりにというように、教卓の上にはプリントの束がのっていた。
　なんだ、じゃあ急ぐことなかったのかも……。
　自分の席に向かおうと歩くと、あたしの動きに合わせてたくさんの視線があとを追ってくる。
　……違う。"あたしたち"を見てざわついてるんじゃない。
　中心は、"あたし"だ。
　何……？　なんかこれ、すごく嫌な感じがする。
「このはちゃん」
「！」
　席に着いたとたん、クラスの女子ふたりがあたしのそばに寄ってきた。
　ドクンと大きく脈打つ。

「このはちゃん、芦沢くんと幼なじみなんだって?」
「——え……」
　なんでそれを……。
　あたしは、仁奈にしか言ってない。でも、仁奈は違う。
　ほかに知っているのは……、小嶋くん。
　まさか……?
　小嶋くんの顔を確認しようとしたその時。
「アイリから聞いたんだけど。付き合ってんの?」
　思わぬ人の名前に、あたしは目を丸くした。
　仁奈と教室を出る前に、一緒にいたその友達に、反射的に目を向けると、
「付き合ってたんでしょ?　さっき廊下で話してたじゃん」
　特に悪びれた様子もなく、ニコッと笑われた。
　ひどい。立ち聞きしていたなんて。
　ううん、まわりに気を配れなかったあたしのせいだ……。
　聞かれてたって、どこからどこまで?
　戻る直前は、確かに仁奈しかいなかった。
　この、傷のことも……?
　どうしよう。どうしたら……。
　青ざめるあたしをよそに、女子たちの尋問はヒートアップ。
「てことはさ、昨日の相合傘ってこのはんじゃないの?」
「っ!」
　肩をつかまれて、体が強ばる。
　女子だけじゃなく、この状況に気づきはじめた男子まで

こちらに注目しだした。
『あんたがいるから翼くんが！』
　思い出す、あの痛み。
　向けられている敵意は、同じもの。
「そういえば、このはさぁ、今日遅刻してきたよねぇ？ 芦沢くんも休みってことは……」
「えっ、やだ、そういうこと!? 　最悪」
　どうしよう……！
「ちょ、ちょっと待って！」
　仁奈が立ち上がって味方をしてくれようとするけど、このままじゃ巻きこむことになる。
　今なんとかしないと、明日にはきっと学校中に広まってしまう。
　翼を好きな女子は、たくさんいるから。
　ただの幼なじみって説明して、納得してもらえるの？ 中学の時は、それだけで疎まれていたのに。
「なんとか言いなよ、このは！　なんで黙ってたの！」
「ひゃ……っ！」
　耳元で怒鳴られて、ひと言しゃべろうとするだけでも怖くなる。
　翼……！
　ここにはいない人物に、心の中で助けを求めた。
　そして。
「翼じゃないよ。内海と付き合ってんの、俺だし」
　目の前には、あたしをかばうように大きな背中があった。

もちろん、助けを求めたその人がそこにいたわけではなくて……。
「だよね、内海」
　小嶋くんが、振り向いてニコッと笑った。
「小嶋く——」
「うそっ！　ふたり付き合ってたの!?」
　あたしの声にかぶせて、女子の黄色い声が上がる。
　付き合ってるって……、誰と誰が？
　そこにいるのは、小嶋くん。
　あたしと……小嶋くん？
「……。……えっ！　ちが——、んむっ」
　思わず否定しようとすると、すぐさま小嶋くんに、口を手で塞がれた。
「翼が内海と幼なじみだから、いろいろ協力とかしてもらっててさ。昨日も一緒に帰ったから、内海が翼と相合傘するとかありえないよ」
　あたしが口を開けないのを横目に、小嶋くんはいっぱい嘘をつく。
　これは、助けてくれている……？
　でも、これじゃあ……。
「なんだ、そうだったんだ。ごめんね、疑っちゃって」
「友達のために協力するとか、芦沢くんって優しいっ」
　クラス中が、あっという間に和やかな祝福モードになっていく。
　あんなに殺伐としていたのに。相手が翼じゃないという

だけで。
「恥ずかしいから黙ってようって言ってたんだけど、こんなんだったらもっと早く言っとけばよかったな」
　小嶋くんの笑顔での演技に、あたしはうなずけなかった。

「待って！　待って、小嶋くん！」
　チャイムが鳴って、すぐに教室から出ていった小嶋くんを追いかけて、呼びかける。
「何？」
　立ち止まって振り向く小嶋くんに近づけないまま、少し離れた場所からあたしは口を開いた。
「あの、さっきの……」
「うん」
「助けてくれたんだよね……、ありがとう……」
「お礼とか言っちゃうんだ？」
　ハハッと笑われて、たじろいでしまう。
　おもしろいこと言ったつもり、ないんだけど。
「あの、でもね」
「俺とカップルにされて迷惑？」
「！」
　迷惑だなんて、そんなふうには思っていない。
　あの状況で、助かったのは事実だし。だけど……。
　小嶋くんはあたしに告白をしてくれて、あたしはそれをまだ返事をしていない立場だから。
「ごめんなさい、あたしはまだ小嶋くんのこと……」

「翼のこと好きなの？」
「それは……」
　わからない。でも、否定もできない。
　好きって、なんだろう。
　翼のことが好きなんて、昔から当たり前のことだから、感情がどの位置にあるかなんて知らない。
　自分のことなのに。
「内海が翼のこと好きになったって、誰も喜ばないじゃん」
　あたしは、ぐっと言葉を詰まらせた。
　確かに、小嶋くんの言うとおり。
　翼とは、幼なじみなだけで人に責められるけど、小嶋くんと付き合ってると言っただけで反応が180度変わった。
「……」
　黙りこんでしまったあたしを、
「あー……、ごめん。こういう格好悪いこと言いたいんじゃなくてさ」
「？」
　小嶋くんが自分の頭をガシガシ掻き回して、顔をしかめた。
「フリでいいんだ。俺と付き合ってくれないかな？」
　まっすぐな視線を向けて、真っ赤な顔で、もう一度告白をくれた。

　夜、お風呂に入ったあとに、あたしは窓を開けてボーッとしていた。

真っ暗。
　少し視線を上に向けてみれば、綺麗な星空。
　今日、雲少なかったもんな……。
　目の前には、お隣の家。翼の部屋。カーテンが閉まっていて、中の様子はわからない。
「翼……」
　ぼそっと名前をつぶやいてみる。
「翼、具合どう？」
　返事がこないことをわかっていながら、窓を見つめ続ける。
　届くはずがないし、窓も開かない。
　でも、それでいい。朝のこともあって、気まずくなるし。
　そう、思っているのに。
「翼……、話したいよ……」
　本音を口にした、その時。
　サッとカーテンが開いて、翼の顔が見えた。
　本人は、下を向いて窓に手をかける。
「つ、翼！」
「は？」
　名前を叫ぶと、翼はようやく顔を上げた。
　あたしと目が合って、瞬きをして、ついには表情を固めた。
　有無を言わさず、翼は再び窓を閉めようとする。
　半分まで閉まったところで、あたしは慌てて引き止めた。
「待って！　具合よくなった!?」

手が止まり、
「……ああ」
　ひと言。
　それでもいい。会話をしたという事実だけで、安心できる。
「よかったね」
「……」
「ねー、懐かしいね。前はわざわざ外から入るのめんどくさくて、ここの窓から移動してたよね。今だったらちょっと怖いかも」
　閉まっていた窓がまた開いて、翼はあたしをまっすぐに見た。
「だからさ、お前はなんでそうやって話しかけてくんの」
　まだ少し鼻声で、聞きなれない声。
「なんでって……、なんで？」
「……バカ」
「ちょっと」
　わざわざ暴言を言うためだったのかと思ったのに。
「普通、嫌いになるだろ。俺のこと」
　……何それ。
　あたしを嫌いなのは、翼だよ。
　どんなことを言われても、どんな態度をとられても、あたしは翼のことを絶対に嫌いにならない。
　そんな言い方だと、まるで……。
「あたしに、翼を嫌いにさせたいの？」

翼は無言で目を逸らす。その態度が、肯定を表しているような気がした。
　あたしに、翼を嫌いになってほしい……。なんのために？
「じゃあな」
　また翼が窓を閉めかけて、
「あっ！　あたし、小嶋くんに告られました……！」
　つい、今日の出来事を叫んでしまった。
　だけど、そのおかげで踏みとどまってくれた。
「いつまで言ってんだよ。知ってるっつーの」
「それじゃない。今日……改めて……」
　あたしはこれを翼に言って、どうするんだろう。
「やめろよ」とでも言ってくれると思ってるのかな。そんなはずないのに。
「……で？」
　翼は、つまらなそうに窓枠で頬杖をつきはじめた。
　少しは興味あるフリくらいしてほしい。
「少し時間をくださいと……言いました」
「お前、前もそんなこと言って延ばしてなかったか」
「うん……」
「好きじゃないなら、とっととふってやれよ。気ぃ持たせて残酷(ざんこく)なことすんな」
　翼の言葉に、隠しきれずにムッと表情に出してしまう。
　翼だって、あたしのこと嫌いなくせにキスとかしたくせに。
　気を持たせるためじゃなく、嫌がらせだったのかもしれ

ないけど。
「だって、小嶋くん、あたしのこと助けてくれたから」
「助けた?」
「あ……」

　また失言。

　翼絡みだったからこそ、本人に知られてはいけなかったのに。
「なんだよ、助けたって!　お前、危ない目にでもあったのか」

　窓から体を乗り出す勢いで、翼が真剣な表情を見せる。

　あれ?　これって……、心配してくれてるの?
「あの、えっと、たいしたことじゃないんだけど……」

　だめだ。その場はごまかしたとしても、翼は小嶋くんと友達だから、いずれバレてしまう。
「……昨日の相合傘が……見られてて」

　あたしは覚悟を決めて、真実を話すことにした。

　ひとつの傘で帰ったこと、幼なじみだという事実がバレてしまったこと、小嶋くんが付き合ってるフリをして助けてくれたこと。

　今日の出来事をひととおり話し終えると、翼は青い顔で黙りこんでしまった。

　また具合悪くなっちゃったかな……。
「翼、大丈夫?」
「こっちのセリフだ」
「え?　うん、元気」

「バカ」
「……」
　だから、なんでそうやって。
「なんのために、顔隠したと思ってんだよ……」
　それは小さな声で、よく聞こえなかった。
　顔を隠したとか言った？
　思い当たるのは、昨日の傘。
　やたらと深く傘を差すから、前方が見えにくいとは思っていたけど……。
　あれは、わざとだったの？
「翼……」
「ケガは？」
「え？」
「ケガ」
「ううん、してない……」
「そっか」
　今、安心したように見えたのは、気のせい？
　おかしいよ、翼。そんなの、嫌いな相手に向ける表情じゃない。
　だから、あたしは懲りずに何度も話しかけてしまう。
　また、いつか、昔みたいにって。
「で、どうすんだよ」
「何が？」
「小嶋。付き合ってるとか、皆の前で言ったんだろうが。これからどうすんだ」

ちょっと優しくなったと思ったのに、今度は一変して不機嫌そう。
　翼の感情のスイッチはよくわからない。
「うん……、とりあえず、今度の日曜日にデートすることになった」
「はぁ!?」
「だからさ、翼も一緒に行こう」
「行かねーよ！」
「えー……、行こうよ」
　不満げに抗議をすると、翼は手を伸ばして、人差し指であたしの額をドスっと突いた。
「バカか。なんで俺がお前らのデートについていくんだよ。そもそも、返事はあと回しのくせにちゃっかりデートはするとかおかしいだろ」
「だって、付き合ってるはずなのに１枚もそれっぽい写メが無いのはおかしいって皆に思われるって、小嶋くんに」
「まんまと乗せられてんなよ、アホが」
　さっきから、バカとかアホとか。
　なんでこんなに怒られているのかわからない。
「でも仁奈も来るから、男子ひとりじゃ小嶋くんが気まずいと思って」
「は」
　翼の動きがピタッと止まる。
「小嶋とお前のふたりじゃなくて？」
「ふたり!?　まさか！」

「それを早く言え」
　はぁー、と脱力したように、翼が窓枠に崩れる。
「大丈夫!?　もし体つらいなら、無理に来てって言わないから……」
　あたしが慌てて翼の額を触ろうと手を伸ばすと、その手を強い力でつかまれて、真剣な眼差しと視線が重なった。
「行くよ」
「ほ、ほんと？」
「ああ。別にお前のためとかじゃなく……、今日のプリンのお礼」
　その、微妙に素直じゃない返事にうれしくなって、自然と笑みがこぼれた。
「ありがとう、翼」
　手が離され、代わりに額に優しく手の平が落ちてきた。
「バーカ」
　あたしにつられたのだろうか。さっきの「バカ」とは全然違う。
　それは、柔らかな笑顔。
　間もなくして翼の部屋の窓が閉まって、あたしはその場にへたりこんだ。
　触られた額が熱い。
「あ、あれ……？」
　あたしの鼓動(こどう)は、こんなに速く奏でていただろうか。
　この気持ちは……。

「俺だけを見てろ」

そして、迎えた日曜日の朝。
行き先は、小嶋くんの提案でスケート場になった。
夏だから涼しい場所に行きたいという理由らしいけど、涼しいというよりも多分、中は寒いだろう。
スケート場で着替えられるように、タイツや上着なんかを大きめのバッグに入れて、家を出た。
外は青空。すでに空気が暖まっていて、早速汗がにじんでくる。
腕は、おなじみの長袖。
汗でくっついているのを見られたら、恥ずかしいな……。
待ち合わせは、最寄り駅に10時。
いつものあたしなら、翼を待って一緒に行きたがるところだけど……。
隣の家をじーっと見て、顔が熱くなって目を伏せた。
あたし、ちょっと変。
窓越しに話したあの夜からずっと、翼の笑顔を思い出しては、なんだかどうしようもなく胸が苦しい。
笑ってくれたことがうれしくて。なのに、すぐに涙が出そうになる。
この変な気持ちの正体がわからなくて、困る。
翼はもう行っちゃったかな。あたしよりも早起きだし。
少しだけ、待ってみようかな。それで、並んで歩いて、駅まで……。
「……」
　……またダ。

夏の暑さにやられちゃったみたいに、熱い。
いいや、多分もう行った！　そういうことにしておく。
あたしはひとりで駅に行こう。そう決めた時だった。
『パティスリーVanilla』の正面入り口が開いて、顔を見せたのは翼。
まだいたし。
私服姿を見たのは、すごく久しぶりな気がする。
制服の時よりも、脚が長く見えるような……。
「お、おはよう！」
「ああ」
　勇気を出してあいさつをしてみても、返事はたったの2文字。
「今日、ありがとう。あ、暑いねー」
　緊張のせいで、見事なまでの棒読みで、右手でパタパタ自分の顔を扇ぐ。
「暑いのは、お前がそんな格好……。……いや、いい」
　翼はあたしの服装に何か言及したいようだったけど、途中で口をつぐんだ。
　この長袖かな……。
　あたしだって、7月に腕を全て覆うのは暑いけど、こんなことで翼が表情を曇らせないのなら、軽く我慢できる。
「てか、スカートでスケートすんのか」
「うん。ちゃんとタイツ持ってきてるから、スカートでもそこまで寒くないと思うよ。それに、これ制服より長いし」
「そういうことじゃなくて」

「？」
　首をかしげて翼の次の言葉を待つけれど、その先は続かない。
　どうでもいいけど、スカートでスケートって、ベタなダジャレみたい。
　なんて、本当にどうでもいいことを考えていると、お店のドアがまた開いた。
「あら？　翼、まだ出かけてなかったの？　このはちゃんも今から出かけるの？　偶然ね」
「あ、おはようございます」
　そこから姿を現したのは、翼ママ。エプロンをして、片手にはほうき。
　玄関の掃除かな。
「このはちゃんは、どこに行くの？　翼はスケートなんだって」
「あ……、あたしもスケート……」
　翼ママが、目をパチパチ。
　というか、スケートに行くところまで話しておいて、あたしも一緒だってことは話してないのか。
　あたしたちを交互に見たあと、翼ママは目をキラキラとさせて、翼の背中をバシッと叩いた。
「いってぇ！」
「やだ、もう！　このはちゃんとデートだったの？　言いなさいよ、そんな大事なこと！」
　それは、大事なことなのだろうか。

「あの、デートじゃない……」
　あたしが口をはさもうとしたけど、
「ごめんね、おばさん邪魔しちゃって。いいわねぇ、若いって」
　フフッと口に手を当てて笑い、翼ママは誤解をしたままお店の中に戻っていった。
「……」
「……」
　一瞬だった。嵐のようだとは、正にこのこと。
　翼はため息をつく。
「うちの母さん、思いこんだら人の話なんか聞かないから」
「いいの？　あたしたちふたりでデート行くとか思っちゃってるよ」
「何言ったって無駄。時間に遅れそうだからもう行くぞ」
「うーん……」
　いいのかな。あたしは別に、誤解されても困らないけど。
　……って、あれ？
「おい、何してんだ」
「う、うん……」
　先を歩いていた翼が、あとをついてこないあたしを不思議に思ったのか、振り返った。
　当たり前みたいに一緒に行こうとするとか、めずらしい。
　追いつくために小走りで、翼の隣へ。
　あたしの顔をちらっと確認したあと、翼は歩きはじめた。
　傘がなくても、隣を歩ける。うれしい……。

きっと、あたしとふたりきりだったら翼は来てくれなかった。
　駅までの短い距離が、そばを歩くのを許された時間。
「スケート久しぶりだね。小学生の頃に、１回行ったことあったよね？」
「俺んちとお前んちで行ったやつな」
「そう、それ。氷硬いから、転ぶと痛いんだもん」
「コロコロ転がってたもんな」
「そんなことないよ。少しは滑れてた」
「滑って転んでたんだろ」
「失礼！」
　翼と一緒の思い出がある。それって、実はすごく幸せなことなんだと思う。
　駅がもっと遠ければよかったのに。

　駅に着いて、行き交う人々を確認していると、
「このはー！　こっち！」
「仁奈、おはよう」
　先に来ていたらしい仁奈が見つけてくれた。
　隣にいるのは小嶋くん。
「ごめん、待たせちゃって」
「待ってないよ。うちらもさっき合流したばっか。ね」
　仁奈が小嶋くんに目配せをする。
　小嶋くんも私服だ……。当たり前だけど。
　あたし以外は、みんな半袖。もちろん、暑いからそれも

当たり前なんだけど。
「おはよ、内海。今日来てくれてありがとう」
「あ……、あたしも、誘ってくれてありがとう……」
　緊張で、小嶋くんと目が合わせられない。
　告白を２度も保留している立場だから、なおさらに。
　小嶋くんが、あたしをじーっと見る。
　なんか変かな。長袖だから不審がられてるのかな……。
　気になって、自分の腕や服やバッグを何度も確認。
「内海、私服も可愛いね」
　思わぬほめ言葉に、あたしは固まった。
「え、あ……」
　言葉を整理できないまま口をパクパクさせると、
「お世辞だろ、本気にすんなよ」
　翼が横から切りこんできた。
「う、うるさいな。お世辞すら言わない翼は黙っててよ」
「正直にブスって言わないだけマシだろ」
「言った！　今言った！」
　あたしたちが、わあわあと言い合っていると、それを見た仁奈が声を上げて笑った。
「本当に幼なじみだったんだね。仲いいんじゃん。学校ではふたり全然しゃべんないんだもん。ずっとそうやってればいいのに」
　学校でも話しかけていいなら、あたしだってそうしてる。
「学校でまでこいつとしゃべる必要ないし」
　翼は、やっぱり今日も冷たい。

「電車もう来るぞ。乗るんだろ」
　そう言って、あっさりとあたしに背を向けた。
「ごめんね、このは。あたし、余計なこと言ったかも……」
　自分の発言を気にした仁奈が、あたしに申し訳なさそうに耳打ちをする。
「ううん、大丈夫。いつもああなの。いちいち気にしないよ」
　っていうのは、ちょっと嘘。
　優しいと思ったら冷たくなるから。言われる度に、ちょっとずつ……胸が痛い。
「てか、あたしたちもホーム行こ」
　仁奈が、前方を指差して歩きだす。
　ついていこうとしたら、引き止められるように小嶋くんに腕をつかまれた。
「さっきの、お世辞じゃないよ」
　仁奈に耳打ちされたのと同じように、ささやかれた。
　真っ赤になるあたしを見て、小嶋くんはニコッと笑った。

　電車にゆられて、駅から徒歩５分ほど離れたところにある、屋内スケート場。
　男用と女用に分かれているロッカー室にそれぞれ入って、バッグから上着を取り出す。
「うわぁー、ここから厚着するとさすがに暑いね。早くスケート場行きたい」
「そりゃ、このはは暑いでしょ。外でも長袖だったんだもん」
　仁奈が、パタパタと手の平で自分を扇ぎながら長袖の上

着の袖をまくった。
「だって……、翼に傷痕見られたくないから……」
「うーん……」
　仁奈は難しそうな顔で首をかしげた。
「このはってさ、芦沢くんのことが好きなんだよね？」
「はい!?」
　驚いて、ロッカーに入れるはずだったバッグを床に落とした。
「な、何言ってんの、仁奈！」
「え、違った？　ごめん」
「……」
　答えあぐねていると、仁奈はあたしのバッグを拾ってロッカーに入れて、代わりに鍵までかけてくれた。
「行こ。ふたり待ってるかもよ。あたし、スケートはじめてだから楽しみ！」
「うん……」
　仁奈に手を引かれ、ロッカー室を出た。
　翼のことが好きだけど。好きなことが当たり前で。昔から。
　ただ最近ではおかしなことに、バニラの香りを思い出すだけで、胸が苦しくなるということが、あたしを悩ませている。

　翼と小嶋くんと合流して、レンタルのスケート靴も選び、スケート場へ。

扉を開けると、夏だというのにすごく涼しい。
　涼しいっていうか……、むしろ寒い。
　タイツをはいただけの脚が、無意識に内股(うちまた)になる。
　子どもたちが黄色い声を上げながら、悠々(ゆうゆう)と滑っている姿が目に飛びこんできた。
　すごい。あたしなんて、あの年齢の頃は転びっぱなしだったのに。
「やばっ、楽しそう！」
　仁奈が、先陣を切って氷の上に飛び出す。
　はじめてだと言っていたのに、
「お、お、おー！　行ける！」
　少しだけよろめいたあと、スーッと綺麗に前に進んでいった。
　そして、あたしに向かって手招きをする。
「このはもおいでーっ！　楽しいよー！」
「う、うん！」
　初心者の仁奈がこんなにスイスイ滑れるんだし。あたしなんて２回目だし、大丈夫。
　この、どこからくるのかわからない自信を胸に、氷の上に足を乗せた。
　そして。
「わぁ！」
　１歩目で、思いっきり転んでしまった。
　い、痛い。
　パンツスタイルだったら、もう少し痛みはマシだったか

もしれないのに。しかも、恥ずかしい。
「内海、大丈夫?　スケートはじめて?」
「このはー!　やばい、やばい!」
　小嶋くんと仁奈に同時に声をかけられた。
　仁奈は慌てた様子で戻ってきて、急いであたしのスカートを直してくれた。
　めくれてた!?
　タイツの色は黒いけれど、下着がすけて見えないわけじゃない。
　仁奈が直してくれたあとでも、あたしはスカートを押さえて、座りこんだままその場から動けなくなってしまった。
「そこ、冷たいでしょ。はい、手」
　小嶋くんが苦笑いで手を差し伸べてくれた。
　小嶋くんにも、見られたり……した?
　羞恥心から、その手を取れずにいると、
「だから言っただろーが」
「あ!」
　呆れた様子で、翼があたしを抱き上げた。
「ありが……」
　お礼を言いかけて、気づいた。
「だから言った」っていうのは、朝のスカートの話?
　あれは、寒いからとかそういうことじゃなくて、今のを予知していたのだろうか。
「お前、どうせコロコロ転がるんだから」
　そんな、人をボールみたいに。

スカートに細かく氷の粒が付いてしまって、手でパタパタと払いのけていると、翼は目の前で上着のパーカーを脱ぎはじめた。
「暑いの？　ダメだよ、こないだまで風邪引いて……」
　止めようとしたら、翼は無視してあたしの腰に上着を巻いた。
「え、え？」
　ついさっきまで翼が身に付けていたから、ぬくもりがまだ残っている。
「あの、翼、これ」
「行くぞ」
「わわっ!?　待っ……！」
　戸惑うあたしをよそに、翼はあたしの手をぐいっと引いて滑りだした。
　あたしもつられて滑るけど、スイスイ進む翼に反して、今すぐにでも転びそう。
「ちょ、ちょっと待って、翼……っ」
　仁奈と小嶋くんが気がかりで、手を引かれながらもあたしは振り返る。
　仁奈が転んで、小嶋くんがそばで驚いていた。
「あっ、仁奈が転んじゃっ……、――ああっ！」
「うわ」
　言ったそばから、あたしまでツルッと滑って転んだ。
　そのせいで、翼まで氷の上に引きずりこんでしまった。

「い、いた……、ごめん翼……」
「人の心配してる場合かよ、へたくそ」
　衝撃で、反射的に閉じていた目を開ける。
　あたしが尻もちをつく形で転んでいて、その目の前にあたしの体を覆うように翼がいた。
　ち、近い……！
　心臓が跳ねすぎて、止まるかと思った。
　この状況がいたたまれなくて、なんとか自力で立とうとしても、ツルツル滑ってうまくいかない。
　そんなあたしを横目に、翼はすっと立ち上がって、こちらに手を差し伸べた。
「ん」
「ありがとう……」
「へたくそ」
　また言った！
　いちいち憎まれ口を叩くのは、どうにかならないのか。
　翼の手を借りて、腰を上げる。
「小嶋くんなら、優しく『大丈夫？』って言ってくれたのに」
「悪かったな、小嶋じゃなくて」
　翼が、ムッと目を細めた。
　そんなつもりで言ったんじゃないんだけど。
「ううん、ありがとう。翼も、今日は優しい」
「は？」
「翼に無視されるの、一番つらいから」
「……」

手を貸してもらっても、まともに立つには時間がかかる。
　さっきみたいにあまりお尻が冷たくないのは、翼が巻いてくれたパーカーのおかげ。
　目の前から、翼があたしの両手をぎゅっと強く握る。
　また引っ張ってってくれるのかな……。
　顔を上げると、まっすぐな瞳と目が合って、すぐに顔を背けた。
　あ、あれ……？　また、胸の音がおかしい。
　ずっとドキドキしてる……。
「あっ、わっ……、た……」
　手を引いてもらっても、あたしの滑りがへたくそなことには変わりない。
　ヨタヨタの足元を見ながら、焦る。
「下見んな。前見ろ。また転ぶぞ」
　翼が短く忠告してくれるけど、状況は同じ。
　うまい人は、簡単にそんなこと言うけども。
「だ、だって、前ってどこ？　どこ見てればいいの……」
　自分の足が不安定で仕方ない。
　翼に導かれたほんのちょっとの距離でも、ひとりだったら何度転んでいたかわからない。
「俺を見ろ」
　顔を上げる。
「俺だけを見てろ。それだけでいい」
　翼と目が合って、ドクンと大きく鼓動が鳴る。
　すごく、近い。

「行くぞ」
「う、うん……」
「下見んなよ」
「うん……」
　ゆっくりと風が流れて、横髪をゆらす。
「翼だけ……見てる」
　やっぱり変だ。おかしい。
　うれしいのに。つらくないのに。……胸が苦しい。
　ずっと、このままでいられたらいいのに。そんなことを思うなんて。
　思考が、心臓の音に追いつかない。
　うそ、待って……。
　スピードが上がる。どんどん、加速する。止まらない。
　翼だけ、見てる。ううん、翼しか、見えない。
　こんな気持ち、知らない。
　でも、わかる。この、ほかの言葉でごまかせない気持ちの名前は、きっと……。

　ひととおりスケートを楽しんでから、一旦休憩をとろうということになった。
　補助付きでえらそうなことは言えないけど、翼のおかげで少しはまともに立てるようになった。
　スケート靴を脱いで、リンクを離れ、テーブルと椅子が並ぶ休憩スペースへ。
「うわぁー！　足痛い！」

椅子に座ってすぐに、仁奈がふくらはぎを手で押さえた。
「仁奈、スイスイ滑りまくってたもんね。すごいよ」
　と、あたしも隣に座ろうとしたら、
「内海、飲み物買うから手伝ってくれる？」
　小嶋くんが休憩スペースの外を指差した。
　そっか、ここには自販機ないんだ。
「うん、わかった。仁奈と翼は何がいい？」
「ありがと。あたしね、炭酸がいいな」
「翼は？」
「いいよ、俺が行くから」
　翼が前に出ようとしたら、小嶋くんがあたしの腕をつかんだ。
「いいって、翼。休んでろよ」
「あっ……」
　そして、有無を言わさずあたしの腕をつかんだまま、ずんずんと歩きだした。
　小嶋くん、今翼のことにらんだような……。
　うしろを振り向くと、翼がため息をつきながら、仁奈から椅子をひとり分空けて座ったところだった。

　小嶋くんとふたりで飲み物の自販機の前に来て、ひとつずつ選ぶ。
　仁奈は炭酸って言ってたから、よく飲んでるメロンソーダ。小嶋くんは、自分の分としてコーヒーを。あたしは、最近好きになったレモンのジュース。翼は……。

自販機を上から下まで見ていると、……発見した。
「翼、なんでもいいって言ってたよな。それって困んない？」
　小嶋くんが困ったように笑いかけるけど、あたしは自販機を見て「ふふっ」と笑っていた。
「何？」
「あ、ごめん。これ、絶対翼好きだなって思って」
　あたしが指を差した先にあるのは、『プリンシェイク』。
　その名のとおり、缶のイラストはプルプルゆれてる様子を描いたプリン。
　中身も固形のプリンで、何回か振って飲むものらしい。
「いや、甘すぎない？　あいつがそんなの飲んでるの見たことないよ」
　そっか。内緒にしてるんだ。本当は甘いの好きなのに。
「小嶋くんの前ではかっこつけてるんだね。コンビニ行った時なんて絶対買うんだよ、プリン。しかも、クリームいっぱいのった甘ーいやつ」
　内緒にしていたのなら、これを買って人前で渡してしまったら、嫌がらせになるだろうか。
　小嶋くんにはたった今バラしちゃったけど、仁奈もいるし。
「翼のこと、よくわかってんだね」
「え？　うーん……、うん。一応幼なじみだから」
　最近のことは、よく知らないけど。そんなセリフを呑みこむ。
「しかも、翼のこと話す時は、楽しそうだし」

あたしは、小嶋くんの言葉に目を丸くした。

そして、これ以上表情筋が変わってしまわないように、すぐに頬を両手で押さえた。

楽しそうな顔とは。

あたし、ものすごく笑ってたりしたのかな。

自覚なかった。恥ずかしい……。

「あ……、飲み物さっさと買って戻んなきゃね。翼、女嫌いだから仁奈が気まずくなってるかも」

必要以上に早口でしゃべって、自販機をにらむ。

プリンのはさすがにやめるべきかも。じゃあ翼にはどれがいいかな。

自販機に真正面から向き合って、小嶋くんに背を向ける。

この場所は明るかったはずなのに、不意にフッと陰ってきた。

「？」

それに気づいて、頭を上げると、自販機に鏡のように映った小嶋くんと目が合った。

それくらいに、ふたりの距離が近づいている。

どうしよう、動けない。

自販機のボタンを押そうとした人差し指が、行き場を失う。

「あのさ、今すぐじゃなくていいって言ったけど、そろそろ返事がほしい」

「は、はい……」

「俺を利用していいよ。まだ付き合ってるフリでいい。だ

から」
　小嶋くんが、トンッと右手をついた時。
　──ピッ、ゴトン。
　自販機が、飲み物を落とした。
　ふたりで黙りこんで、受取口を見る。
　今ので、ボタン押しちゃったんだ。
　ハッとして、中身も確認せずに缶を取り出して腕に抱えた。
　振り返って、だけど目は見れなくてうつむく。
「小嶋くんのこと、利用なんてできない……」
　そこまで言って、耐えきれなくなってしまって、ペコッと頭を下げて、走って元の道を引き返した。
　腕に抱えた、4個の缶ジュースが冷たい。
　本当にわからない。小嶋くんが、あたしをそこまで好きでいてくれる理由が。
　しかも、逃げてしまった。ちゃんと、答えなきゃいけないのに。
　先延ばしにしたところで、あたしの気持ちはもう……。

　休憩スペースに戻り、一番に翼と仁奈の姿が目に入った。
　接点がなかったふたりだから、てっきり無言でいるのかと思っていたのに……。
「あははっ、やば、おもしろーい！」
　仁奈が、翼に向かって楽しそうに笑っていた。
　ふたりが話してるところなんて、見たことがなくて戸惑

う。
「3日連続で犬に追いかけられるとか、このはめっちゃ嫌われてるー！」
　……しかも、どうやらあたしの黒歴史で盛りあがっている模様。
　それ、小学生の頃の、通学路の話……！
「俺まで一緒にダッシュさせられてたから。あいつは毎日犬に靴奪われたり、服破かれたり」
「このはだけ？　さすがすぎる！」
　仁奈、それほめてない。
　翼も、せっかくあたし自身が綺麗に忘れ去っていたことを……！
「あとは？　あとは？」
「あと？　中学の時、近所のガキが公園に作った落とし穴に百発百中でハマってた」
「やばー！　すごすぎ！」
　そんなエピソードしかないのか！
　それだって、犯人のことを翼が懲らしめてくれたっていう後日談付きだけども。
　ふたりはあたしに気づいていないから、立ち聞きみたいな状態になっている。
　すぐにふたりの前に出ていこうとしたのに、こんな話題の中に登場することができなくなってしまった。
　翼も、女嫌いのくせに、仁奈の前では妙に饒舌で、意味わかんない。

あたしはもちろん、ほかの女の子には冷たいのに、なんで仁奈だけ。
　……仁奈だけ。
　あれ？　なんで……？
　気づいてしまった胸が、ズキッと痛む。
　翼は、女子にはみんな冷たいはず……だったのに。
　胸の音が、大きくなっていく。
「あー、やばい、笑ったぁ。芦沢くんって女嫌いだと思ってたからさ、こんなふうに話してもらえるなんて思わなかった」
「女嫌い？　……ああ、うん」
　歯切れ悪く答える翼に、仁奈がふふっと笑う。
「なんか、ちょっとわかったかも。芦沢くんが嫌いなのって、自分のことを好きな女子なんじゃない？」
　翼のことを好きな女子。
　翼が嫌いなのは……。
「よくわかったな」
「わかるよ。本人は気づいてないっぽいけど」
　仁奈の言葉の途中で、あたしはその場から逃げ出した。
　腕に抱えていたはずの缶ジュースは、カランカランと音を立てて床に転がった。
　だからだ。
　翼は、知ってたんだ。あたしが、翼のことを好きだって。
　気づいてたんだ。
　だから、あんなに冷たかったの。

「っ……！」
　たまに優しくしてくれるから、勘違いをしてしまった。
　あたしは、翼を好きでいる限りずっと……。
　嫌われたまま？
　立ち止まり、その場にうずくまる。
　ここ、どこだろう。わからない。どこでもいい。
　今は、翼のことが見られない。
「あれっ、まさか迷った？」
　頭上から聞こえた声に、ビクッと肩が震えた。
「具合悪い？」
　そっと顔を上げると、つい先ほどまで一緒にいた人物。
　小嶋くん。
「ううん、大丈夫……。ありがとう」
　あんな別れ方をしたから、お互い気まずくて目が合わせられない。
『俺を利用していいよ。まだ付き合ってるフリでいい』
　……ダメ。こんなことを思い出しちゃ。
　誰かと付き合えば。好きじゃないと、翼本人にわかれば、嫌われなくて済むかもしれない。
　こんな最低なことを、考えちゃいけない。
「大丈夫？」
「うん、全然……」
「手、震えてるのに？」
　小嶋くんが、あたしに合わせて身を屈めてくれた。
　その優しさに、甘えてしまってはいけないのに。

「何かあったの？」
　どうして、そんなに優しいんだろう。
　目の奥がじんわりと熱くなる。
「翼と……仁奈が話してて……」
「うん」
「翼は……、自分を好きな女子は嫌いなんだって……」
「うん。それで？」
「それで……」
　だから、翼はあたしのことが……。
「内海も翼が好きだから、嫌われてんの？」
　一度も口にしたことがない、あたしの心の中。
　小嶋くんの冷静な声が、時間を止めた気がした。
「知ってたよ。多分、内海よりも俺の方がずっと知ってる。内海が翼を好きなこと」
「なんで……」
「内海はいつも翼を見てたから。翼の隣にいても、全然目が合わないから、いつかこっち見ないかって思ってた」
　小嶋くんの顔が、だんだん赤に染まっていく。
「そうしたら……なんか、俺の方が内海を好きになってた。……っぽい」
　それが、ずっとわからなかった、あたしを好きになってくれた理由？
　そっか……。あたしは、小嶋くんがあたしを好きになってくれるよりも前に、翼に恋をしていたんだ。
　そっか、そうなんだ……。

そんなことにも、今さら気づくなんて。
　なんでなんだろう。翼を好きでいるよりも、小嶋くんのそばにいる方が幸せになれるはずなのに。
「あたしは、翼のことが……」
「好きでいる限り、嫌われるのに？」
　まっすぐな瞳に、その言葉に、あたしは言葉を続けることができなかった。
　ただ、嫌われたくなくて。
　好きじゃなくていいから、また笑ってほしくて。それだけだった。
　だから……。
「……小嶋くん」
「うん？」
「まだ……すぐには好きにはなれないけど」
「うん」
「恋じゃないけど……」
「うん」
「フリでもいいって……言ってくれたよね」
「うん」
　あたし、最低だ。
　バカだから、こんな方法しか思いつかない。

　その夜、あたしは部屋の窓を開けた。
「翼！　ねえ、翼」
　隣の家の、閉まった窓に向かって呼びかけると、カチャ

ンと軽く鍵が開く音がして、窓がゆっくり開いた。
「なんだよ、声でけーよ。何時だと思ってんだ」
「え？　えーと、今は……9時半だよ」
「そういうことじゃねーよ」
　呆れた顔を、閉まりはじめた窓が隠そうとする。
「あ……、あたしね、小嶋くんと付き合うことにした！」
　焦って叫び、今度はあたしが窓を閉める番。
「は!?　なんだそれ！」
　翼こそ、何時だと思ってるの。そんな大きな声を出して。
　おかげで、窓越しでもよく聞こえる。
「おい！　どういうことだよ！　なんでそうなってんだよ！」
　そんな声を出したら、翼ママに叱られちゃうからね。
　あたしは、窓に背中を向ける。
　ごめんね、翼。勝手なことばっかりで。
　もう好きじゃないから。好きじゃなくなるから。
　お願いだから嫌わないで。
　昔みたいに、「このは」って呼んで。
　あたしは、小嶋くんの彼女。
　きっと、小嶋くんを好きになる。
　今なら、まだ間に合う。まだ……。
　自分に言い聞かせて、窓に鍵をかけた。
　好きに気づいたその日、この気持ちを消すことを決めた。

「……バカ」

「さぁー、このはちゃん？　説明してもらいましょうか」
　週明けの学校。あたしは朝のホームルームが始まる前から、仁奈と誰もいない屋上に来ていた。
　あたしは現在、屋上を囲む柵に背を向け、目の前の仁奈から詰め寄られている。
　うしろを振り向けば、真下に校庭が見えて、足がすくみそう。
「なんであの１日で小嶋くんの方と付き合うことになるの？　あんた、どっちかっていうと芦沢くんといい感じだったじゃん」
「全然いい感じじゃないよ……」
　確かにあたしも、スケートをサポートしてくれている間は、そばにいることに幸せを感じていたけど。
「てか、いい感じかどうかとかはどうでもいいんだけど」
　どうでもいいんだ。
「このはは、芦沢くんが好きなんじゃないの？」
　仁奈の言葉に一度うつむくけれど、すぐに目を合わせた。
　ごまかせない。
「好きだよ、翼のこと」
「だったらさぁ……」
「でも、小嶋くんのこと、好きになれると思う。あんなに何回も告白してくれる人、ほかにいないし……」
　本当の理由は、仁奈にも言えない。この関係が、付き合っているフリだということも。
　翼に嫌われたくなくて、小嶋くんを利用して彼女になっ

た。
　あたし、嘘ついてばっかりだ。最低。
　仁奈は、むうっと唇を尖らせて、あたしの頬をつねった。
「ふーん、わかった。このはって、芦沢くんのこと諦めるんだ」
　そして、ひとりで屋上の扉に向かって、振り返った。
「誰かのものになってもいいってことだよね？　じゃー、あたしが取っちゃおっかな」
「えっ……」
　仁奈が、翼のことを……？
　スケート場での、楽しそうな会話がよみがえる。
「……仁奈！」
　屋上の扉のドアをつかみながら、仁奈が振り向き、にっこり笑った。
「いいよね？　もうこのはは芦沢くんのこと好きじゃなくなるんだし」
「仁奈……、翼のこと好きだったの？」
「うん、好きだよ。だってかっこいいじゃん」
「……顔が？」
「芦沢くんのまわりにいる女の子、大体そんな理由でしょ。でもあたしは、その子たちよりも芦沢くんとしゃべれるよ。1歩リードしちゃってるよねぇ」
　仁奈は扉を開けて、鼻歌交じりに去っていった。
　確かに、ほかの女子みたいに、翼は仁奈に冷たくはしていなかった。だけどそれは、仁奈が翼を好きじゃないから

で。
　翼が冷たいのは、自分を好きな女子に対してだからで。
　それを翼に言ったのも、仁奈のはずなのに……。
　好きになったら、冷たくされる。あたしみたいに。
　……怖くないの？
　ぎゅっと、左腕をつかむ。
　もう痛くないのに、ジンジンと疼くような気がした。

　チャイムが鳴ってから教室に戻ると、まだ先生は来ていなかった。
　翼は相変わらずたくさんの女子に囲まれていて、迷惑そう。
「取っちゃうから」と宣言した仁奈は、意外にもそこにはいなくて、自分の席でスマホを見ている。
　今行っても、冷たくされるのがわかりきってるからかな……。
　あたしも自分の席に着くと、小嶋くんが近くまでやってきた。
「内海、おはよう」
「あ、おはよう……」
　そうだ。付き合うことにして、はじめて学校で会う日なんだ、今日は。
「大丈夫？　なんか調子悪い？」
「ううん、そんなことないよ。朝ってそんなに得意じゃないからかな……」

妙に胸の音が騒がしいけど、笑顔で話しかけてくれたことにホッとする。
　小嶋くんは苦笑して、
「ごめん、付き合ってるフリだってことは一応わかってんだけどさ、あんまり元気のない顔されると、まわりにあやしまれるよ」
「えっ！」
　自分では普通にしていたつもりだったのに、そんな指摘を受けて、あたしは自分の頬に手の平を当てた。
　表情筋……は、どうだろう。触っただけじゃ、全然わからない。
　仁奈に言われたばかりのことが、まだ尾を引いているせいかな。
「ほら、翼もこっち見てる」
　ピクッと指先が動く。
　……ダメ。動揺を悟られちゃ。
　あたしは、小嶋くんに気づかれないように視線だけを動かす。
　その先にいる翼は、あたしのことなんか見ていなかった。
「……」
「どうしたの、内海」
「……なんでもない」
　心配をしてくれた小嶋くんに、作り笑顔を返す。
　あたしは、小嶋くんの彼女。
　フリなんかじゃない。フリなんかじゃなくなる。

きっと、好きになる。
　今はまだ、嘘だけど。
　目を伏せる直前、一瞬翼と目が合ったような気がした。

　小嶋くんは、休み時間の度に積極的にあたしの元へやってきては、他愛もない雑談を繰り返した。
「でさ、昨日兄貴とチャンネル争いしてさ、あいつ部屋にテレビあるんだからそっち行けって思うんだけど」
「小嶋くん、お兄さんいるんだね」
「４つも違うから、もう大学生だけどね」
「そうなんだ」
「よかったら今度うちに来る？」
「えっ……」
「あ、いや、変な意味じゃなく……」
「……うん、わかってる」
　少し変な空気になって、視線を動かしてみると、相変わらず翼のまわりは女子がいっぱい。
　女子が近くにいる時の翼は、いつも不機嫌。
　翼を好きじゃない女子は嫌われないけど、翼を好きな女子は嫌われる。これって、絶望的な気がする。
　それでも、いつか翼も恋をする時が来るのかな。
　その相手は、あたしじゃない……。
「いいなぁー、同じクラスに彼氏がいるとか！」
　すぐそばから聞こえた小嶋くん以外の声に、あたしはハッとして顔を向けた。

クラスメイトの女子だった。
「小嶋くんって、大体芦沢くんと一緒にいたから、ふたりできてんのかなってちょっと噂になってたのにー。芦沢くん、小嶋くんとかにはすっごい笑うし」
「いや、俺だけじゃなく、男子にはあいつ大体優しいから。てか、それマジ？　翼と噂とか、かなりやだな」
「いいじゃーん、うらやましいよ、芦沢くんとかさ。誰が告っても、誰とも付き合わないもんね。その代わり、彼女になったらめちゃくちゃ大事にしてくれそうだけど」
　その言葉に、あたしは心の中で納得をする。
　女嫌いな分、好きな女の子はその子ひとりだけってことなわけだし。
「いやいや、翼だけじゃなく、俺だって彼女になったら大事にするし」
　小嶋くんはそう言いながら、あたしの顔を見て控えめに笑った。
　あたしは、どうしたらいいのかわからずに、笑顔を返した。
　ちゃんと笑えてたかな……。
　小嶋くんもきっと大事にしてくれる。わかる。
　だから本当は、翼じゃなきゃいけない理由なんて……ないはずなのに。
　なんであたしは、まだ翼が好きなんだろう。
「ね、このは」
「え？」

名前を呼ばれて顔を動かすと、自分の席にいたはずの仁奈がそこにいて、あたしを見てニコッと笑っていた。
「あ、仁奈……。ごめん、気づかなくて。どうしたの？」
「言ったよね、あたし。取っちゃうって。このははそれでいいんだもんね？」
「え？　仁奈……」
　続きを聞かずに、仁奈は笑顔のままでその場をあとにした。
　小嶋くんも隣で不思議そうにしている。
　なんだろうと思っていると、仁奈はまっすぐに教室の前の方まで歩いていって、翼のまわりの女子にとけこんでいった。
「芦沢くんっ。こないだありがとうね！　楽しかった〜」
　仁奈の意味深な物言いに、女子たちは一斉に目の色を変えた。
　そんな言い方じゃ、皆に誤解を……！
「っ……！」
　左腕がズキンと痛んだ気がして、思わず右手で押さえた。今さら、そんなはずないのに。
「あー、うん、俺も結構楽しかった」
「本当っ!?　また行こうよ！　あたしめっちゃ上達しちゃったし」
　ふたりの世界に入りこむ前に、まわりを見てほしい。
　全員、仁奈のことをにらんでる。
　去年のことを思い出して、サーッと顔から血の気が引い

ていくのがわかる。
「ちょっとあんた、いきなり来てなんなの。翼くんの何？」
　痺(しび)れを切らした女子のひとりが、つかみかかるほどの勢いで仁奈に問い質(ただ)した。
　ダメ、このままじゃ！
「おい、やめろよ」
　翼が止めようとしているのが見える。
　あたしはそんなことは構わず、席を立って走った。
「ちょ、内海!?」
　小嶋くんが引き止めるのも聞かず、あたしは仁奈の前に立ちはだかった。
「4人で行ったの！」
　また繰り返す。そんなことにはさせない。
「は？　4人？」
「そ、そう……、あたしと小嶋くんも一緒に出かけたの。むしろ、仁奈も翼……、芦沢くんも、強引に誘っただけ」
　あたしと翼が幼なじみだということは、すでにバレていた。だったら、それを逆手に取ればいい。
「あたしと小嶋くんね、付き合ってまだそんなに経ってなくて、ふたりで出かけるのは緊張するから、お互いの友達に頼んだの……。芦沢くんはあたしの幼なじみでもあるし、義理で……。……ね？」
　ドキドキと不安で騒がしい動悸(どうき)で、あたしは翼と仁奈に笑いかけた。
「っ……。……ああ」

翼は、何かを言いたげに口を開いたけど、すぐに諦めたようにため息をついた。
「なんだ、だったらちゃんとそう言ってよ。翼くんとデートでもしたのかと思ったじゃん。紛らわしい」
　仁奈は、にらむ女子に不機嫌そうな表情を返す。
「てか、もしそうだったとしても、あんたに関係なくな──」
「に、仁奈……！」
　何を言おうとしてるの、この子は。
　あたしは慌てて仁奈の口を塞いだ。

　その次の休み時間。あたしは、こそこそと廊下の隅に仁奈を連れ出した。
「やばいよ、仁奈。あんなこと言っちゃ……」
「なんで？　あたしはただクラスの男子と話しただけでしょ」
「クラスの男子だけど、相手は翼なんだよ。言ったでしょ、あたしのこの傷……」
「……」
　仁奈は、あたしの腕を服の上からじーっと見る。
「痛い？」
「え？　ううん、今は全然だけど……」
「そう」
　仁奈はニコッと笑って、あたしの額にビシッとデコピンをした。
「い、いた……？」

「いいよ、別に。あたしそんなの気にしないし」
「もう、仁奈！」
　気にする、しないの問題じゃない。仁奈までこんなことになったら、翼が……。
「このはは怖いだけでしょ。だから小嶋くんに逃げたんだもんね。芦沢くんのこと好きじゃなくなるんでしょ？じゃあもう関係ないよね」
「仁奈……」
「取っちゃうって、あれ結構本気だから」
　宣戦布告とは思えないほどの、可愛い笑顔をあたしに向けたあと、仁奈はくるりと踵を返した。
「あ、そうだ。さっき助けてくれたんだよね。あれは、ありがとう」
　顔だけを向けて言うと、仁奈は廊下を浮かれた様子で戻っていった。
　仁奈から少し遅れて教室に入ると、仁奈はまた翼のまわりの女子に混ざっていた。
　先ほどのこともあり、仁奈へ向けられる目が少々厳しめな気がする……。
　あたしも、中学の時はこんなふうに見られていたのかな。ずっと、いつも翼のそばにいたから。
　特に気にもしないで、そばにいるのが当たり前だと思ってた。
　客観的に見て、はじめて気づくなんて。
　仁奈、大丈夫かな……。

「あの時さー、このはがめっちゃ甘そうなの買ってきてたけど、あれよく飲めたよね。プリンシェイク？　だっけ？」
「あー……、うん、まぁ。食いもの捨てたりするの嫌いだし。本当は甘いもの苦手だけど」
「えらーい！」
　翼の嘘つき。ああいうの、大好きじゃん。
　いつもは女子を徹底的に無視する翼も、仁奈を相手にすると少し様子が違う。
　自分を好きな女子のことを嫌いなくせにさ。普通に話しちゃって。
　……ふたりが付き合ってしまったら……どうしよう。
　仁奈を心配しながら、こんなことを考えてしまう。やだな……。
　あたしは、小嶋くんの彼女になったくせに。
「どうしたの、内海。なんか怖い顔してるよ」
「っ！　こ、小嶋くん……」
　頬杖をついていた手が、ガクッと机から落ちて体勢を崩した。
　小嶋くんがクスクスと笑いながら、あたしの眉間を指差した。
　シワ、寄ってたかな……。恥ずかしい。
　あたしは前髪を撫でて、眉間を隠した。
「気になる？　翼」
「ううん、仁奈が……、翼を好きな女子って怖いことする人もいるから、なんか心配で……」

「怖いこと？　内海も、何かされたことあんの？」
「え、あ……、えーと、……例え！　例えばの話で！」
「そっかー、あんだけいっぱいいたら、確かに少しくらいいそうだよね」
　危なかった。
　この傷のことは、なるべく人には知られたくない。
　小嶋くんを信用していないわけじゃない。
　だけど、小嶋くんは翼にすごく近い場所にいる人だから、ますます言うわけにはいかない。
「とか言ってさ、本当は、あの中の誰かと翼が付き合ったらどうしよう、とか考えてたんだったりして？」
　冗談交じりの物言いだということは、声からわかっていたのに、
「えっ……!?」
　まともに反応してしまって、あたしはすぐに目を伏せた。
「……ごめん、意地悪言った」
「ううん……」
　心の中が読まれたのかと思った。
　小嶋くんを好きになりたい。そう思う気持ちに嘘はないのに。
「あのさ……、内海、今日一緒に帰らない？」
「でも、方向が……」
　あたしは徒歩で家に帰るけど、小嶋くんは電車通学。しかも、駅は反対方向。
「うん、だからさ、俺が内海を送っていってから、帰るし」

「えっ、そんなの悪いよ！」
「ダメかな？　ちょっと一緒にいたいだけなんだけど」
「……」
　どうしよう……。
　それほどの気持ちに、あたしは何も返せないのに。
　まだ、まだ、まだ……。気持ちが追いつかないのに。
「迷惑だったら言って。フリで付き合ってるくせに、自分だけ先走ってること、わかってるからさ」
　小嶋くんは、困ったように眉を歪めて笑った。
　あたしは、小嶋くんを好きになろうって決めたくせに、こんな顔ばかりさせている。
「っ……、迷惑なんかじゃないよ……！　帰ろう、一緒に」
「大丈夫？　無理してない？」
「してない、全然！　あたしより、小嶋くんの方が大変でしょ？」
「いやいや、すっげーうれしい！　じゃあ帰り、約束」
「うん」
　よかった。笑ってくれた。
　これでよかったんだ……。

　授業も全て終わり、掃除の時間。
　あたしがいるグループは特別教室の担当だから、教室から移動。
　これが終わったら、放課後。小嶋くんと一緒に帰る……。
　嫌だなんてことは、全然思っていないけれど、ほうきを

手にしながらため息が止まらない。
　小嶋くんに笑顔を向けられると、うれしいと同時に申し訳ない気持ちになる。
　優しさに、甘えているだけ……だからかも。
「このは。ねー、このは。いつまでそこばっか掃いてるの」
「え」
　友達に名前を呼ばれ、ハッとして顔を上げると、皆は掃除用具をしまいはじめていた。
「あっ、あれ？　終わり？」
「ぼーっとしすぎだから。先に行っちゃうよ」
　クスクス笑いながら指摘をされ、あたしも慌ててほうきをしまった。
　グループから遅れて、のろのろ歩いていたら、いつの間にか前方には誰もいなくなっていた。
　いいや、別に。あとはもう帰るだけだし。
　帰る……だけ。
　それが、目下の悩みなのだけど。
　うんうんうなっていたら、バタバタとうしろから忙しなく走ってくる足音に気づいた。
　その人は、あたしを追い越して、
「——っ」
　すれ違う瞬間に、目が合った。
「翼……」
　名前を呼ぶのと、翼が立ち止まってこちらを向いたのは、どちらが先だったのか。

気まずく思う暇もなく、突然翼に腕をつかまれ、あたしたちはすぐそばの空き教室へ。
　声が出せないのは驚いているせいだけじゃなくて、翼に口を手で塞がれているから。
　な、何ごと……！？
　首のうしろから腕を回され、まるで抱きついているみたいに口を塞がれている。
　顔が熱いのは、苦しいからじゃない。
　そんなあたしに見向きもせず、翼は教室の外をそっとうかがっている。
　何かから逃げてる……？
　廊下を横ぎる足音が聞こえる。
「あれー？　芦沢くん、どこ行ったんだろ」
　この声……、仁奈？
　翼は、仁奈から逃げてるの？
「んー、まぁいっか、別に。もう誰も見てないし。あー、疲れた」
　のんびりと自己完結した仁奈の声が遠ざかっていく。
　誰も見てないしって、なんだろう。
　あたしは、翼の手をはがして、「ぷはっ」と大きく空気を吸いこんだ。
「い、行ったよ、翼。てか、なんであたしまで隠れなきゃいけないの……」
「あー……。……そこにいたから」
「何それ、もう……」

仁奈から逃げていた理由は知りたいけど、今はそれどころじゃない。
　これ以上近くにいたら、気が変になる。早く離れなきゃ。
　教室の扉を開けると、
「あれっ、小嶋くんどうしたの？　急いでる？」
「!!」
　仁奈の言葉に、自分たちの姿を見られる前にすぐに扉を閉めなおした。
「なんだよ」
「いや、あの……」
　怪訝な目で見てくる翼に、あたしはまともな返事を返せない。
「内海見なかった？　あそこのグループ、内海だけ戻ってきてなくて」
「このは？　んーん、見てないよ。トイレとかじゃないの？」
「そっか。教室で待ってようかな……」
　仁奈と小嶋くんの会話に、翼が「ああ」と漏らす。
「お前、小嶋と帰んだろ？　何逃げてんだよ」
　一応、バレないように小声で話してくれたことには感謝。自分が仁奈にバレたくないだけかもしれないけど。
「逃げたわけじゃないよ……。いきなり現われたから、ちょっとびっくりしただけ……」
「じゃあ出てけば。あいつ彼氏なんだろ」
「……」
　冷たい。自分でここに引きこんだくせに、一緒の空間に

すらいたくないとか思ってるの？
　きっと、仁奈にはそんなこと言わないんだろうな。
「翼こそ、なんで仁奈から逃げてるの？」
「……追いかけられたから」
　案外やるな、あの子。
「仁奈も翼のこと好きになったみたいだよ」
「あれは、そういうんじゃねーんじゃねーの」
　追いかけられてるくせに、よく言うよ。
「いつもならさ、女の子に対してすっごい冷たいじゃん。仁奈にだけは優しいよね」
　こんな言い方をしたら、あたしがやきもちを妬いているみたい。
　……みたい、っていうか。……妬いてる。
「冷たくなんかできないだろ」
　そんなにキッパリ言いきるから、口の中がざらついて、一瞬で胸に嫌なものが広がる。
　だけど。
「お前の友達なんだから」
　……。
　少し止まって、
「……え？」
　考えたけど、結局わからなかった。
「なんで？　あたしの友達だと、優しいの？」
「俺たちが幼なじみだって知っても、お前から離れていったり嫌がらせしたりしない友達なんか、あんまりいなかっ

たからな。あんな子、貴重」
　それって、そんな理由って、すごく……あたしのことを想ってくれているみたいに聞こえる……。
　冷たいの？　優しいの？
　翼のことが、よくわからない。
　言ったくせに。自分を好きな女の子は、嫌いだって。
　だから、あたしは——。
　甘い甘い、バニラの香りがする。あたし今、どこにいるの？
　翼の腕の中……？
　息が止まる。苦しい。
　翼の髪の毛が、あたしの頬を撫でる。
　抱きしめられて……いる？
「つ、翼……」
「お前、本当は小嶋のこと好きじゃないんだろ」
　どこでしゃべってるの？　耳のすぐ近くで、吐息を感じる。
　熱い……。
「い、今はまだ……だけど……、ちゃんと、好きになるよ……っ」
　翼の体を押しのけようとするけど、びくともしない。
　心臓の音が……！
「好きでもない奴と付き合ってんじゃねーよ」
「翼には……関係ない……」
「ある」

「ないよ！　離して！」
　思いっきり押せば、きっと離れられる。
　だけど、体に力が入らないのは、本当はまだ……。
「あれ？　内海、もしかしてここにいる？」
「！」
　扉の外から聞こえた声に、ビクッと体が跳ねた。
　小嶋くん、まだここに……!?
　すぐに、ガラッと勢いよく扉が開く。
「あ、本当にいた。あれ、翼も……」
　小嶋くんが見たあたしたちは、適度な距離をとって背中合わせになった姿だった。
「ふたり、何してたの？」
「な、何もしてないよ……！　たまたま入ったら、たまたま翼がいて、出られなくなったっていうか……」
　あたしの考えた言い訳は、自分で口にしていても苦しいのがわかる。
　たまたま入って、しかも出られなくなったって、何。外から鍵をかけられて閉じこめられたわけでもないのに。
　変な汗がだらだらと出てくる。
　小嶋くんの目が見られない。
「……そっか、でも見つかってよかった。そろそろ帰らない？」
　あたしのバレバレの嘘には少しも触れず、小嶋くんは笑った。
「うん、帰ろっか……」

ダメ。こんな暗い顔をしてちゃ、何かあったのかと思われる。
　翼に、「じゃあね」と別れの言葉を向けると、ぐいっと腕を強く引かれ、小さな声で耳打ちをされた。
「っ!!」
　あたしは耳を手で押さえて、反射的に翼から離れる。
「何？　今」
　小嶋くんに顔を覗かれる。
「バ、バカって言われた……！　帰ろう、小嶋くん！」
「えー？　おい、翼、女の子にそんなこと言うなよ」
　小嶋くんが笑って言うと、翼はただ舌をベーっと出して答え代わりにした。
　あたしはバタバタと廊下を走る。
　うしろから、小嶋くんが追いかけてくるのがわかる。
「内海一、そんなにムカついたの？　翼が口悪いのなんか、今に始まったことでもないし、気にすることないよ」
　違う、そうじゃない。
　走りながら、口元を隠す。
　あたし、今きっとすごい表情をしてる。
　熱い、耳が一番。
　ずっと、ぐるぐるとさっきの言葉が頭の中を回る。
『俺のことだけ見てろって言ったのに、バカ』
　だから翼は、わからない。
　翼だけ見ていたって、嫌いになるくせに。

学校から出ると、じわじわと太陽が容赦なく照りつけてきて、暑い。
「あー、やっぱ外は暑い。最近、夜まで暑くてつらくない？」
　そう言いながら、小嶋くんは胸元のシャツをつかんで、パタパタと扇いで自分に風を送りはじめた。
「本当に暑いね。日も長いし。早く秋にならないかな……」
「内海、ずっと長袖だからなんじゃない？　半袖嫌いとか？」
「う、うん……。日焼けしないためなら暑いのも我慢しちゃうかなって……」
「女子は大変だねー」
　去年までは、日焼け止めすら使わずに半袖で外を歩き回っていたあたしが、何を言ってるんだか……。
　ごまかして笑って、その場がなんとかなったことにひと安心した。
「アイス食べない？　おごるよ」
　小嶋くんは立ち止まって、通学路にあるアイス屋さんを指差した。
「そんな、悪いよ……」
「いいから。俺が食べたいだけだから。行こ」
「！」
　手をぎゅっと握られて、あたしは弾かれるようにその手を振り払ってしまった。
　驚いている表情の小嶋くんと、視線が合う。
「ごっ、ごめんなさい！　手、熱くてびっくりして……」

「……うん。だよな、俺がさっき暑いって話したばっかだったのに、もっと暑苦しくしちゃダメだよな」
「ううん……」
　ほら、また。あたしは、小嶋くんにそんな顔ばかりさせてしまう。
　店内に入ると、外が暑いからか、案外混雑していた。
　エアコンがよく効いていて、スーッと涼しくて気持ちがいい。
　店員さんが、待っているあたしたちにもメニュー表をくれて、注文待ちの列に並びながら、アイスを選ぶ。
「ここ、種類めっちゃ多いから結構悩まない？　32種類とか逆に困るね」
「そう？　あたし、いつも同じのしか頼まなくて……」
「マジ？　何が好きなの？」
「バニラ」
「へー、意外。すごい定番だね」
「バニラってね、すごく甘い感じするでしょ？　子どもの頃、バニラクッキーを作ってた時に、甘い匂いに騙されてバニラビーンズをさやのまま食べたら苦かったの」
「あの黒いやつ？　あれって甘いんじゃないの？」
「うん、甘いの想像してたからびっくりした。ジュース一気飲みしちゃったもん」
「はは、可愛いね。でも、それだとむしろバニラ嫌いになんない？」
「ううん、それが楽しかったから。それからずっと好きな

んだ……」
　……あれ？　今、何かを思い出しかけたような……。
「内海の家すごくない？　バニラビーンズって、一般家庭にあんの？　バニラエッセンス？　とかなら見たことあるけど」
「うちじゃないの。お菓子づくりはいつも……」
　子どもの頃、まるで自分の家のように当たり前に出入りをしていた、隣の家。
　お菓子づくりも、いつも翼と一緒で。
「え？」
　と、小嶋くんが、言葉の続きを催促する。
　あたしの思い出には、いつも翼がいる。でも、そんなことは言えない。
「えっと、あの……」
「お次にお待ちのお客様、ご注文をお聞き致します」
　いつの間にか、あたしたちが列の先頭になっていた。
　ホッとして、自然と会話を終了させられた。

　楽しかった記憶。一緒に作った、バニラクッキー。
　翼が型どったクッキーは表面がぼっこぼこで、その個性的な見た目に反して、すごくおいしくて……。
　それで……、
『翼すごい！　これなら毎日食べたいな』
『だったら、毎日うちに来れば。そしたら――』

「内海、どうしたの？　できたよ」
「──えっ、……あ！」
　小嶋くんの声で、ハッと前を向いた。
　女性の店員が、笑顔でこちらにカップに入ったアイスを差し出している。
「ありがとうございます」
　お礼を言って、受け取る。
　ひんやりとしていて、手の平の熱が奪われていくみたい。
　空いている席を選んで、小嶋くんと向かい合って座る。
「おごってもらっちゃって、ありがとう」
「いや、俺が食べたかっただけだからさ」
「いただきます」
　アイスに添えられた、プラスチックのスプーンで口に運ぶ。
　甘くて冷たいバニラ。本当は、あんなに苦いくせに。
「おいしい……」
　素直な感想を口から出すと、
「よかった」
　小嶋くんがうれしそうに微笑んだ。
「そんなに好きなんだね、バニラ」
「うん……、好き」
　バニラアイスに対する感想を言っただけのつもりだったのだけど、小嶋くんは顔を赤くしてあたしから顔を背けた。
　……え？　あたし、何か変なことを……？　怒らせた？
「小嶋くん……？」

「や、ごめん……。普通に"好き"とか言うから、ちょっと……」
「え？」
「わかってる！　アイスのことだって！　わかってるんだけど、……俺のことは気にしないで」
　しゃべればしゃべるほどに赤く染まる小嶋くんの顔に、あたしまでつられて熱くなってくる。
　……ごめんなさい。
　バニラアイスを見ながら、あたしはずっと翼のことを考えていた。

「ありがとう。ごちそうさまでした」
　お店を出てから、あたしはもう一度小嶋くんにお礼を言った。
「いいよ、そんなに何回も言わなくて」
「次はあたしに何かおごらせてね」
「え？」
　普通に、ただ「ありがとう」とか、「よろしく」が返ってくると思っていたから、聞き返されたことに驚いた。
　おごられるのが嫌いとかなのかな。それとも、あたしが女だからとか？
「次……、いいの？」
「？　うん。今日のお返しに……」
「……ありがと。また出かけんの、楽しみにしてる」
　小嶋くんに言われて、はじめて気づいた。

そっか、そういうことだよね。あたしは、小嶋くんの彼女なんだし。
　今日だけで、これを何回言い聞かせただろう。
「……うん。次はどこに行く？」
　そうやってあたしが笑顔で返すと、小嶋くんも笑ってくれて、結局帰るまでに次の約束の場所は決まらなかった。
　家まで送ってくれた小嶋くんの背中は、たった今歩いたばかりの道を逆戻りしていった。
　やっぱり、悪いな……。こんなふうに、帰り道が違うのに送ってもらうのは。
　こんなに、罪悪感ばかりが残る理由は、ちゃんとわかってる。
　ため息をついて、家の中に入ろうとした時。
　──リンリーン。
　お隣さんの、正面玄関が開いた。
　焦っているような表情を覗かせたのは、翼ママ。
「このはちゃん、今帰り？」
「うん、ただいま」
「暇!?」
「えっ」
「暇だよね!?」
「は、い」
　有無を言わさない、切羽詰まった様子に、あたしは思わずうなずく。
　すると、すぐに腕を引かれ、『パティスリーVanilla』の

中に引きずりこまれた。
　このパターンは、まさか……。
「お願い！　助けて！　店番してほしいの！」
　制服の胸元にエプロンを押し付けられ、予想どおりのその展開に、あたしは拒否権を持ち合わせてはいなかった。

「い、いらっしゃいませー……」
　そんなわけで、あたしはひとりでレジ前に立っている。
　またここに来てしまった。
　あたしがレジを任されているということは、きっとまだ翼は帰宅していない。
　あたしなんて寄り道してきたのに、それよりも遅いとか……、また告白？
　今度こそ、誰かと付き合ったりして。……とか、結局また考えてしまう。
『俺のことだけ見てろって言ったのに、バカ』
「う、……ううううう……っ！」
　思い出して、火がつきそうなくらいに熱い顔に、耐えきれなくなって人目もはばからず唸った。
「あのー……、会計いいですか？」
　誰から見ても様子のおかしいあたしに、女性のお客さんが不審者を見るような目で話しかける。
「あっ、ごめんなさい！　ありがとうございます！」
　とっさに店員の表情をつくって、差し出された品物の値段をレジスターに打ちこむ。

ケーキの注文はないから、クッキーやフィナンシェのラベルを確認。
　バタークッキーは80円で、フィナンシェは……。
　……あれ？　そういえば、今日もバニラクッキーは店頭に並べられていないみたい。
　お客様を見送って、ひとりきりになった店内で商品を見回す。
　焼き菓子コーナーに、バニラクッキーは見当たらない。
　なんだ……。あれ好きなのにな……。あわよくば買って帰りたかったのに。
「はー……、一段落したぁ」
　厨房に続くドアがガチャッと開いて、深く息を吐きながら翼ママが姿を現した。
「ごめんねぇ、急に頼んじゃって。お客様いないうちに、ちょっと休憩しない？　はい、お茶」
「ありがとうございます」
　可愛い桜柄の模様がプリントされているグラスに入った麦茶をひと口。
　冷たくておいしい。
「ねぇ、今日バニラクッキーないのかな？　前に来た時もなかったから」
「バニラ？　……ああ、あれね、元々商品として出してないからねぇ」
　……ん？
「あれって、売り物じゃないの？　昔からあるのに……。

こないだも、翼にもらったばっかりで」
「このはちゃん知らなかったっけ？　バニラクッキーだけは、翼が作ってるって」
　……。
　しばらくその場で止まって、グラスの中で氷がカランと溶けてぶつかった音で、ハッと瞬きをひとつ。
「……え？」
「あらっ、本当に知らなかったの。なんで今まで翼言わなかったのかな。このはちゃん、好きなんでしょ？　翼のバニラクッキー。だから昔から作ってるんだけど」
　なんで？　どういうこと？
　翼からは、一度もそんなことを聞いたことがなかった。
　そう言われてみれば、ほかの売り物のクッキーとは違って、バニラクッキーだけはいつも形がデコボコで。
　あれは、はじめて翼と一緒に作ったクッキーとそっくりだったんだ。
「なんでこれは商品にしないの？　おいしいけど形は悪いから？」
「えー　あははっ、違う違う。翼が、このはちゃん以外のために作ってないとか言うから。うちの子、昔からこのはちゃんのこと大好きだから」
「……っ」
　嘘、違う。翼は、あたしのことが嫌い。
　嫌い……の、はずなのに。
「ふふ、最近またうちに来てくれるようになってうれしい

な。このはちゃんが来なくてもずっと翼がクッキー作り続けるから、全部私たちで食べててね。なのに、見た目は全然上達しないの」

　……本当みたいに聞こえる。本当は、翼はあたしのことが好きみたいに聞こえる。

　違うのに。

　――ガチャ、リンリーン。

　お店の入り口が開いて、お客様が来店したのかと、麦茶のグラスを慌てて隠す。

「ただいま」

　……翼だった。

　視線が合って、見開く瞳を確認して、あたしは目を逸らした。

「は？　なんでお前がここに」

「こら、そんな言い方しない！　無理言ってレジにいてもらってるんだから。翼もお店手伝って、ほら」

「うわ、ちょ、母さん」

　翼ママが、状況を理解していない翼を引きこんで、あたしの隣に立たせる。

　甘い香りであふれている店内でも、やっぱり翼はひと際(きわ)甘い。

「おかえりなさい……」

　目を見ずに、翼に声をかける。

「ああ」

　予想どおりの素っ気ない返事のあとは、ふたりで黙りこ

んでしまった。
「はー、翼も来たし、休憩終わり。ママは戻るねぇ〜」
　翼ママが首をポキポキと鳴らしながら、再び扉の向こうに消えていった。
　ふたりきりになってしまった。
「……」
「……」
　静かな店内で、無言なあたしたち。
　気まずいのに、お客様が来てほしいような来てほしくないような。
　翼が帰宅した今、あたしが店番をする理由はなくなった気がする。
　気まずいのに。会話だって、どうせ続かないのに。
　バニラの甘い香りから、離れられない。
『俺のことだけ見てろって言ったのに、バカ』
　聞きたい。聞きたくない。でも、知りたい。
　どんな気持ちで、そんなことを言ったの？
「……翼」
「ん？」
　そんなに優しい聞き返されちゃうとさ、あたしバカだから勘違いしちゃうよ。
「今日もバニラクッキーないんだね」
　翼ママに真実を聞いた上で、こんなことを尋ねてみる。
「あー……、厨房に転がってたかも。あとで母さんからもらえば」

「ありがと……」
　それはきっと不格好な見た目で、何よりも甘いバニラ。
　お互いに、知らないフリをしている。変な感じ。
　チラッと横を盗み見る。見上げないと、横顔が目に入らない。
　目線が同じだった頃なんて、もうずっと昔のことみたい。
「っ……」
　好きな気持ちがあふれると、以前言われた言葉が突き刺さって、すぐに心にブレーキをかける。
『俺は幼なじみなんか嫌だ』
『好きなんて言ってない』
　いくら人からうれしい言葉を聞かされたところで、本人に言われた言葉は何倍も鋭い。
　翼に避けられはじめたのは、腕を切られたあの日からだったけれど、「幼なじみなんか嫌だ」と言われたのはその前だった。
　あの事件があってもなくても、こんな日は来ていたんだと思う。
　今、隣にいることも、翼自身はどう思っているのか……。
「こんなところにケーキ屋さんなんてあったんだねー」
「学校から近すぎると、むしろ行かないよね」
　お店の外からそんな会話が聞こえて、翼があたしの口を塞いだ。
「んんっ!?」

そして、肩を抱いたと思ったら、すぐに床に座らされた。
　レジ台の裏。売り場から隠れたその場所から、あたしたちの姿は見えない。
　──ガチャッ。
　お店の扉が開く。
「あっ、いいにおーい」
「うん、おいしそうだね～」
　声から察するに、女の子がふたり。
　彼女たちからすればここは、店員すらいない無人のケーキ屋。
「てか、店の人いなくない？」
「奥の方にいるんじゃないの？」
　本当は、すごく近くにいるけど。
　あたしは変わらず、翼に口を塞がれ、肩を抱かれている。
　よりによって鼻から下を塞ぐから、息苦しい。
「っ……！」
　翼の手をつかんで、少し下にずらす。
「ふぁ……っ」
「しー」
　じゃ、ない！　何これ……！
　酸素は確保できたけど、状況は何も変わっていない。
　これじゃ、お客様だって困るだろうし。
「パウンドケーキおいしそう！　これ、手づくりって嘘ついて渡したら受け取ってくれるかな？」
「芦沢くんに？　やめときなよー。甘いもの嫌いだって噂

だよ」
「ええー」
　同じ学校の子だ……。しかも、翼を好きな……。
　離れたがっていたはずのあたしは、今度は翼の腕をぎゅっとつかんだ。
　あたしよりも早く、翼は気づいたんだ。だから、こんなふうに隠れて……。
　ドクンドクン、胸の音がうるさい。
　これは、ふたりでいることがバレるのが怖いから？　翼のそばにいるから？
　わからない。
　翼の香りで、クラクラする。
　呼吸をするのが難しい。
「んー、自分用に焼き菓子だけ買っていこっかな。すいませーん！　すーいーまーせーん！」
　ひとりがレジの前にやってきて、叫ぶ。
　レジ台に乗っかるように体を前のめりにさせて、少し視線を落とせばあたしたちの姿が目に入るだろう。
　頭上で、同じ学校の制服がゆれるのが見える。
「えー？　本当にいないのかな。すいませーん！」
「はいはーい」
　何度目かの呼びかけのあとで、翼ママが奥から姿を現した。
「えっ!?」
　翼ママが、あたしたちが隠れている姿に驚くけれど、涙

目の切羽詰まった表情で首を振るあたしを見て、何か察したらしい。
「……すみません、お待たせしました」
　何事も無かったように、代わりに会計を済ましてくれた。
「ありがとうございました」
　翼ママの声と、扉が開く音で、緊張の時間が終わったことを知る。
「はぁー……」
　やっと解放されて、床に座ったまま大きく息を吐いた。
　く、苦しかった。
　翼もめずらしくぐったりしているように見える。
「もう、どうしたの？　ふたりとも。びっくりしたじゃない。もしかして、またあの子たちも翼のファン？」
「……知らね」
「全く、もう。あんたのこと、いい男に産みすぎたわね」
　ふたりの会話に、あたしだけ追いつかない。
「また」って、言った？
「前も、何かあったの？」
「お前には関係ない」
　あたしをばっさりと斬り捨てる翼を、翼ママが「こらっ」と可愛く怒る。
「この店、中学校からもわりと近いでしょ？　たまたま来た女の子がね、翼のこと好きだったらしくて。店番の翼を見るために何人も引き連れて毎日キャーキャー騒いで、大変だったことがあったの。もう去年の話だけどね」

「本当？　知らなかった……」
「このはちゃん、ちょうど来なかった時期だったからね。お客様としてならまだいいんだけど、何も買わないでただ来るだけだから、ほかのお客様にもちょっと迷惑になっちゃって」
「そうなんだ……」
　隣の家なのに、少しも気づかなかった。
　あたしはひとりで、翼に冷たくされることがつらいことしか考えていなくて……。
「どさくさ紛れに万引きもあったしねー。翼、去年はずっとイライラしてたよね？」
「……」
　翼は、何も答えず眉間にしわを寄せるだけ。
　それは、確かに女嫌いにもなるかも……。
「高校も近いしねぇ。いつかは女の子も来るとは思ったけど。もう翼に店番やらせるのやめた方がいいかな」
　翼ママは、唇を尖らせて眉を寄せる。
「そんなんで、この店回るのかよ」
「難しいわね」
　うーん。と、ますます眉を寄せる翼ママが、あたしを見る。
「このはちゃん、バイトしない？」
「えっ」
　思わぬ提案に一瞬驚くけれど、普通に今までやっていたことだし。と、すぐに思いなおす。

「うん、あたしは大丈夫」
「ダメだ」
　ほぼかぶせるように翼に拒否をされた。
「なんでよー、いいじゃない、このはちゃんがいいって言ってくれたんだから」
「こいつだけはダメ」
　あたしの代わりに翼ママが抗議するも、翼の答えは変わらない。
　翼があたしのためにバニラクッキーを作ってくれてたとか、あれやっぱり嘘なんじゃないかな……。
　今日もあたし、すっごい嫌われてるじゃん……。
「なんでダメなのよー！　このはちゃんなら最初から教えることもなくて、助かるじゃない」
「おーい、そろそろ焼き上がるぞー！」
　そこで、厨房の方から叫ぶ声が聞こえた。
「パパ待って、まだ」
「こっち手離せないんだから、早く！」
「……もう！　とりあえず今日はこのまま店番しててよね」
　翼パパに急かされて、翼ママは心残りがある様子で厨房に戻っていった。
「……」
「……」
　こんなに嫌がられているなら、あたしは帰った方がいいかな。
　だけど、このままじゃ悔しいから。

「なんであたしだけはバイトしちゃいけないの？」
　理由くらいは言わせる、絶対。
「嫌いだから」ってはっきり言うなら、「もう好きじゃなくなるから安心してよ」って……、……言えるかな。無理かな。
　ケンカ腰で尋ねたのが悪かったのか、翼もムッとしているように見える。
「お前がここでバイトして、さらに俺の家だってバレたら大変だからだろ」
「大変って何？　翼の家でバイトして、何が困るの!?」
「そんなこともわかんないのかよ！」
「わかんないよ！」
　売り言葉に買い言葉。
　お客様がいなくて、本当によかったと思う。
　ただのケンカになりかけた時。
「去年みたいに、お前が傷つけられたら嫌だからだよ！」
　予想した返答の、どれとも違う。
　あたしは言葉をなくして、目を見開いた。
　翼も、バツの悪そうな顔をしている。きっと言うつもりもなかったのだろう。
「傷って……何？」
「……左腕の、俺のせいでついた傷」
「何言ってんの？」
「俺のせいだろ。傷痕、残ってんだろ。そのせいで、お前はどんな時でも腕を出せなくなった」

「そんなふうに思ってたの……？」
　あたしは下を向いて、唇を噛んだ。
　バカ、バカ、バカ！　翼は何もわかってない。
　あたしは、翼の胸をひとつ殴った。
「けほっ、お前──」
　きっと、この暴力に対しての文句を言おうとした翼が、あたしの顔を見て、その先を止めた。
　それは、真っ赤な顔で涙目だったから。
「翼のせいじゃない！　そんなの思ったことないよ！　あたしはもう痛くない！　何も気にしてない！　こんなことに責任感じないで！」
　ボロボロと大粒の涙があふれる。
「隠してるのは人に見られたくないからじゃない。腕を見る度に、翼が悲しい顔をするからでしょ！　見たくないの、あたしのせいでつらそうにしてるのなんか！」
　実際、翼のいないところでは、あたしは傷痕なんか気にもしないで腕を出している。
　あの表情を見たくないからしていたことが、裏目に出ていたなんて。
「もう、どうしたの？　早く仲直り……、ええっ!?」
　あたしの叫び声は、厨房まで聞こえてしまったのだろう。翼ママが怪訝そうな面持ちで様子を見に来た。
　そして、あたしの涙を見て驚いたあと、翼をにらんだ。
「こら、翼！　あんた、泣かすなんて」
「違う、翼のせいじゃない……っ！」

反論しようと、ますます涙をこぼすと、翼の大きな手が涙を隠すように顔を覆った。
「ごめん、母さん。こいつ送ってくる」
　翼ママの返事を聞かず、翼はあたしを引っ張ってお店を出た。
「翼の……せいじゃないもん、バカ……っ」
　だだっ子のように、翼の服をつかんでこぼれる涙を手の甲で拭う。
　もう、絶対明日から半袖着ていく。こんな傷、翼以外に言われることなんか何も気にならないんだから。
「泣くな……」
「翼のせいだよ」
「どっちなんだよ、お前……」
　呆れるようにうなだれる姿が目に映る。
「"お前"とか"こいつ"とか呼ばないでよ。翼、もうずっとあたしの名前呼んだことないんだよ……」
　風邪を引いて寝ぼけて呼ばれただけでも、うれしくなるくらいに。
　覚えてる。最後にちゃんと呼ばれたのは、１年前。
　ベッドの上の、はじめてのキス。あれは、絶対翼だったはずなのに。
「翼には嫌われたくないの……。好きじゃなくていいから、だから……」
「このは」
　今言ったの、誰？

あたしを呼んだのは……。
　視界がフッと暗くなって、目の前には翼の顔が。
　避けようと思えば、避けられた。
「嫌いなんて、言ったことないだろ」
　ずっと目を開いていたのに、何が起こったか理解できなかった。
　気づいたら、涙は止まっていた。

　あのあと、どうやって帰ったのかわからない。
　自室のベッドの上で、枕を抱きしめていたら、いつの間にか窓の外から光が届かなくなっていた。
　名前を呼ばれた。
　あれは……翼？　うん、だって、そばにいたのは翼だけで。
　それで……。
　唇に指を当てる。
　こんなんじゃない。もっと柔らかかった。翼の唇は、もっと。
「……っー！」
　枕を抱きしめたまま、声にならない叫びでジタバタする。
　どうしよう。またキス……した。
　どうしよう。あたしは、小嶋くんの彼女なのに。

「奪うよ」

全然眠れなかった……。
　まぶたは重たいのに、結局完全に下りないまま朝を迎えた。
「このはー、このはー！　起きてるのー？」
　ママの声が、階段の下辺りから聞こえる。
「はぁい……」
　力なく、きっと本人までは聞こえない返事をして、あたしはのそのそと起き上がった。
　ハンガーにかけてある制服を手に取って、「あ」と声を漏らす。
　そうだ。いつもみたいに長袖しか用意してないんだった。
　タンスを開けて、新品の半袖ブラウスを取り出す。
　……よし。
「いってきます！」
　ママに声をかけて、玄関を開ける。
　夏だから、暑いことには暑いけれど、半袖だから軽くて少しは涼しいような気がする。
　はじめて袖を通した高校の半袖ブラウスは、心許（こころもと）なくて落ち着かない感じ。
　まあ、そのうち慣れるよね。
　そのまま学校に行こうとしたら、お隣の正面玄関がガチャッと開いて、
「いってきます」
　姿を現したのは、翼。
　しまった。少しくらい早く行くか、遅刻ギリギリのどっ

ちかにすればよかった。
　昨日の今日で、翼の顔はまともに見られない……！
　翼もあたしに気づいて、パチッと目が合う。
「お、おはよう……」
　いくら顔を合わせづらいからって、朝のあいさつを欠かすのは気が引ける。
「ああ」
　たった２文字。わかっていたことだけど。
　先に学校に行こうとしたら、翼がごそごそとカバンの中に手を入れて、何かを取り出した。
「このは」
「……。……えっ？」
　今、すごくあっさりと名前を……。
「ほら」
「ん？」
　そして、カバンから取り出したばかりの小さなラッピング袋をあたしの手に渡した。
「あ、バニラクッキー？」
「昨日渡し忘れたから」
「ありがとう……」
　すっかり忘れてた。もうずっと、キスのことで頭がいっぱいで。
「っー……！」
　バカなの？　自分から思い出しにいくとか。
　手の中のクッキーから目を離して、顔を上げる。

翼があたしを見ている。
　目の前の本人よりも、昨日の顔ばかり浮かんでくる。
　キスをした時の距離。顔の角度。少し紅潮した頬。そして、唇の……。
　だから、なんであたしはこんなことばっかり……！
「……？」
　そこで、あたしの顔から翼の視線が外れていることに気づいた。
　見ているのは……、腕？
　そうだ、半袖だから。
　喜んでいるようには見えない。むしろ……。
「……そんな顔しないでって言ったでしょ」
　また、罪悪感のあるような、悲しい顔をしていた。
「翼が何を思ってもね、あたしはもう腕を隠さないから。次にそんな顔したら、絶交……」
　強気になって宣言して、途中で言葉を止めた。
　あれ？　絶交って。それ、あたしに結局何もプラスにならないんじゃ……。
「絶交？」
「ぜ、絶交は嘘！　それなんにもうれしくないし！　会えないのとか無理だから！　嘘だからね、違うからね！」
　必死になって顔の前で手をパタパタさせていたら、翼がフッと笑った。
「絶交って。ガキかよ」
「だから、嘘だから！　ぜ、絶交しないでよ！　……し、

しないよね？」
「立場逆じゃん」
「あっ、本当だ。……じゃなくて！」
　翼がずっとクスクス笑っている。こんなの、いつぶりだろう。
　ずっと見ていたい。
　なのに、こんなタイミングでまた昨日のキスを思い出してしまって。
　ボッと火がつくように赤くなった顔を悟られたくなくて、わざと背中を向けた。
「クッキーありがとう。……あの、あたし、先行くね……」
　振り返らずに、駆けだそうとしたら、
「今日は、一緒に学校行こうって言わないんだ？」
　翼らしくないそのセリフに、あたしは足を止めた。
「お前、いっつも一緒に行こうってうるさいじゃん」
　名前を呼んだり、こんなことを言ってみたり、今日の翼はいつもと違う。
　それを聞くのが、もっと前ならよかったのに。今日じゃなかったらよかったのに。
「……今日は言わない」
　キスを思い出して、恥ずかしいから。気まずいから。それも嘘じゃない。
　だけど、もっと。一番の理由は。
「なんで？」
「……あたし、小嶋くんの彼女だから」

小嶋くんを好きになると決めたあたしが、ほかの男子とふたりで登校するなんて、多分よくないことだと思うから。
　その相手が、幼なじみだとしても。
　あたしは翼の返事を待たず、通学路を走りだした。
　本当は、昨日のキスの理由を聞きたい。でも、知りたくない。
「意味なんてない」と言われてしまったら。「好きだから」以外の理由だったら……。
　高確率でその返事をもらうことはわかっているから、それが現実になってしまえば、いくらあたしでも立ちなおる自信はない。
　息が切れてきて、立ち止まって、呼吸を速くして小休憩。
「はぁ、はぁ、はぁ……」
「体力無いな、お前」
「!?」
　背中から聞こえた声に振り返ってみると、うしろを歩いていたはずの翼が。
「お、追いかけてきたの!?」
「追いかけねーよ。お前が遅すぎて、歩いただけで追いついたんだろ」
「うそ!?」
　運動は確かに自信のある方ではなかったけれど、歩いていた人に負けるなんて。
　密かにショックを受けていると、翼が「あ」と漏らした。
「"お前"って呼ぶなって言ったんだよな」

「？」
　言ったけど。
「このは」
「っ！」
　真顔で呼ばれた名前の破壊力がすごくて、あたしはぱくぱくと口を動かすばかりで、声が出せなくなってしまった。
　言ったよ。いや、言ったけどさ！
　だからって、あたしの要求を素直に聞くような翼じゃないこともよく知っている。
　なんでいきなり素直に……？
「あっ、芦沢くんだよ」
「やば、今日もかっこいい」
　あたしたちが立ち止まって向かい合っていると、遠巻きに女子のひそひそ話が聞こえてきた。
　そうだ、もう学校が近いから、同じ学校の生徒が増えてきたんだ。
「まさか、彼女できたんじゃないよね？」
「いや、あれ幼なじみだって話だよ」
　あれって言われた。
　あの子たちはクラスメイトじゃないのに、あたしの存在を知っている。噂が広がるのが早い。さすが翼……。
　とか、感心している場合じゃない。
　こんな時に、痛くない傷痕を触る癖は抜けそうにない。
　今日は長袖じゃないんだった。
　直に触れる、少し皮膚が盛りあがったそこは、爪を立て

ればすぐにまた血がにじみそう。
「……俺、やっぱり先行く」
　苦しそうな表情をした翼が、ぽつりと言葉を落とした。
　そんな顔しないでって言ったのに。
　……絶交するって言わなくてよかった。
「っ……」
　引き止める言葉を持ち合わせていないあたしは、空中で手を止めた。
　自分で言ったんじゃん。小嶋くんの彼女だから、って。
　黙って翼の背中を見送ろうとしたら、ドンッと背中に重い衝撃があって、一瞬息が止まった。
「っけほ……、え？」
「おっはよー、このは」
　仁奈が、うしろからあたしに抱きついていた。
「お、おはよ、仁奈。びっくりした。同じ時間になるのめずらしいよね？」
「ねー。芦沢くんもおはよー！」
　あたしに抱きつきながら、仁奈は前方を歩く翼にも声をかけた。
　近くを歩いてる女子生徒の数人が、その声に反応してこちらを見る。
　怖いもの知らずすぎる！
「仁奈、ちょ……」
「芦沢くんも一緒に学校行こー！」
　そんなことはお構いなしに、仁奈は笑顔で手を振る。

翼は少し困った顔で、それでも足を止めて、あたしたちが追いつくのを待ってくれているみたい。
「行こっ、このは」
「あっ……」
　仁奈は楽しそうにあたしの手を引く。
　見えてないのかな、まわり……。気にしてないだけなのかな。
　翼も、相変わらず仁奈には優しい。
　もやもやしたものが胸に広がるけど、すぐに思い出す。
　あたしの友達だから冷たくしない、って言ってたんだった。
　それだけを聞くと、翼はすごくあたしを好きみたいに聞こえる。
　……。
　うん、多分勘違いの確率が高いんだろうけど。でも。
　翼と目が合って、すぐに逸らした。
　そういえば、よく目が合うなぁ……って、思う……。
「行こ行こー。3人で登校すれば、そこまで妬まれないんじゃない？」
「うん……？」
　そうかな？
　仁奈の言葉に、首をかしげてしまう。
　一緒にいること自体が、妬みの対象になりそうだけど。
　ふたりきりよりは、まぁ、……うん。
　仁奈、そんなに翼のこと好きになったんだ……。

3人で行けば妬まれない、なんて、昨日までの仁奈は人目なんて気にせずに翼に向かっていたような気がしたけど。
　どんな理由でも、久しぶりに翼と登校できることはうれしい。いろいろあって気まずいけど、それでも。
　道中はずっと仁奈が翼に話しかけて、翼は適当に返事をしていた。
　仁奈は、多分あたしにも話しかけていた。だけど、ボーッとしてしまって、あまり頭に入らなかった。
　学校が見えてきた。
　あと少しだけ。
　時間がゆっくり流れればいいのに……。
「このは」
　名前を呼ぶから、当然それは仁奈だと思っていた。
　ボーッとする頭で、声色を理解する。
「……え？」
　目に入るのは、あたしをまっすぐに見つめる翼。
「……呼んだ？」
　まさかね。
「呼んだ」
「呼んだの？」
　翼が？　仁奈の前で、あたしの名前を？
「さっきのクッキー、賞味期限今日までだから」
「そうなの？　おいしいからちょっとずつにしたかったのに……」

「ふーん」
「それに、胸がいっぱいで、今日全部なんて……」
「は？　どこが？」
「大きさの話じゃない！」
「あっははは！」
　あたしたちの会話を聞いていた仁奈が、たまらず大声で笑いだす。
　笑うってことは、仁奈も絶対そう思ってる。どうせ、ちっちゃいよ。
「本当に、実は仲いいよね、ふたり」
　仁奈は、先ほどと変わらず、ずっと楽しそう。
　好きな人とほかの女子が仲よさそうで、嫌な気持ちにならないのかな。
　あたしは、翼が仁奈と話していると、ちょっとモヤッとするのに……。
　翼とキスをしたこと、どう言おう。
　わざわざ告げることはないかもしれないけど、仁奈は翼が好きなんだから、隠し続けることもなんだか……。どうしよう。
「なのに、このははなんで小嶋くんと付き合ってんのかなー」
　あたしと翼は、同時に仁奈を見る。あたしたちは、きっと同じ表情をしている。
　視線に気づいた仁奈はニコッと笑って、あたしの手を取った。

「夏服似合うじゃん」

　さっきのあれは、なんだったんだろう。
　あたしは教室に着いて、自分の席でじーっと翼を見ていた。
　仁奈は、翼と登校したくて一緒にいたというよりも、あたしと小嶋くんを別れさせて翼とくっつけようとしていたように見えた。
　……って、そんなはずないよね。
　今だって、翼を囲む女子のひとりになっているわけだし。
「芦沢くんって、いつもあの時間に学校行くの？」
「まあ、大体は」
「じゃあ、偶然会ったら、今日みたいにまた一緒に登校してもいい？」
「別にいいけど」
　また、なんかモヤモヤする……。
　あたしはあそこに交ざる勇気もないくせに。
「おはよう、内海」
「あ、おはよう……」
　小嶋くんに声をかけられ、そばまで来ていたことに気づいた。
　今の顔、見られてないかな……。
「昨日は、付き合ってくれてありがと」
「ん？」
　昨日……。

そうだ、放課後にアイスを食べに行ったんだった。
　おごられたくせに、すぐに思い出せないとか、人としてどうなの……。
　それで、次はあたしがおごるからって言ったんだよね。
　次か……。
　早めに約束をしてしまえば、気持ちがゆれなくて済むかもしれない。
「小嶋くん、次にあたしがおごるって話なんだけど」
「ねえ、仁奈さぁ、最近ちょっと馴れ馴れしすぎない？」
　話を切りだそうとした時。ひと際大きくて、イラだった様子の女子の声に、あたしたちは同時に目を向けた。
　予想どおり、そこには仁奈と、翼を囲む女子。
　また……!?
「翼くんはねぇ、皆のものなの！　あんた、こないだからいきなり出てきたくせにひとりだけなんなの!?」
　翼って、皆のものだったんだ……。聞いたことないんですけど。
　当の本人を見てみれば、ため息をついて嫌そうな顔をしている。その場にいる、誰よりもイライラしている様子。
　あたしは席から立ち上がり、その場に行こうとしたけど、以前仁奈に「助けなくていい」と言われたことを思い出して、ピタッと止まった。
　余計なお世話になるかな。迷惑？　でも……。
　怒り顔を目の前に、キョトンとしていた仁奈だったけど、すぐにフッと笑いだした。

「皆のものとか思ってんの？　ウケる」
　また、そんな挑発するようなことを！
「な……、あんたねぇ！」
「芦沢くん、めっちゃ迷惑そうじゃん。絶対皆のものになりたいとか思ってないよ」
　仁奈の言葉に、翼が面食らったような顔で、まわりを見る。
「それってさぁ、芦沢くんに好きな人ができても同じこと言う？　あんたたちみたいのがいるから、ダメなんだよ」
　仁奈は、何かに怒っているような口調で、にらみつける。
　仁奈、なんのことを言ってるの？
　目の前の女子はクラスの注目の的になって、恥ずかしさからか怒りからか、顔を真っ赤にさせてブルブル震えだした。
　そして、手をブンっと振り上げて、
「ムカつく！」
　——ダメ！
　ガタンっと椅子が倒れる。
　小嶋くんが、驚きながらあたしの名前を呼んだ気がした。
　——バシッ！
　それは、痛いよりも熱いような、そんな衝撃だった。
　誰よりも驚いていたのは、殴った本人。
「このは！」
　絶対床に頭を打つ。仁奈の悲鳴を聞きながら感じたそんな予感は、的中することはなかった。

倒れないように、体を支えてくれているのは翼。
「このは！　大丈夫!?　もう！　助けなくていいって言ったじゃんバカー！」
「だって……」
「だってじゃなーい！　もぉー！」
　泣き叫ぶ仁奈の声が、頭に響いてズキズキする。口の中で鉄の味がする。
　やばい、頬っぺたの内側切れた……。
　唇の端を指で触れると、血が付いた。
　あ、ここも切れてる……。
　これ、あとで腫れるな。鏡見るの怖い。
　殴られた方の目が開けられない。視界がおかしく感じる。
「あ……、あ……」
　ざわめく教室内で、ひとりだけ言葉を失っている女子がいる。
　ちょっと。そんな顔するぐらいなら、こんな力いっぱいに殴らないでよ……。
　去年、カッターで刺したあの子もこんな顔であたしを見ていた。
　冷静にそんなことを考える。
　肩をぎゅっと強くつかむ手が、震えているのを感じ取る。
　あたしのうしろで、きっとまた翼が悲しい表情をしているのだろう。
　翼のせいじゃないのに。
「内海！」

「このはー！　しっかりしてー！」
　小嶋くんと仁奈が同時にあたしの名前を呼ぶ。
　ありがたいけれど、あまりうまくしゃべれないから、それに応えることができない。
「あ、あの……、わたし……っ」
　青ざめた顔で、殴った張本人があたしに手を伸ばす。
「触るな」
　突っぱねる翼の温度の低い声に、その手を反射的に引いた。
「わ……!?」
　翼はあたしを横に抱き上げて、教室のドアへ向かう。
　お姫様抱っこ……！
　いつもなら、女子の黄色い声やら悲鳴やらが聞こえそうなものだけど、今は状況が状況なだけに、それもない。
「ま、まって……、あたし歩けるよ……」
「うるさい。黙って抱えられてろ」
　行き先は、多分保健室。
　うしろから仁奈と小嶋くんが追いかけてきた。
　仁奈の頬は涙でぐしゃぐしゃ。
「あたしも行く！」
「俺も」
「大丈夫……。もうすぐ先生来ちゃうから、できたら欠席の説明してほしいかも……」
　ふたりもついてこようとしたけど、あたしはそんな理由で断る。

「やだ！　あたしは行く！」
　でも、仁奈は泣きながらそばを離れない。
「内海は、俺が運ぶよ」
　小嶋くんが、翼の代わりにあたしを抱えようとしたけれど、触れる寸前でかわして、
「このはは俺が連れていくから」
　ゆるぎない意志を見せ、人ひとりを持ち上げているとは思えないほどの軽やかさで歩を進めた。
「ごめん小嶋くん、あたしの分も説明よろしくっ！」
　仁奈はそう言い残し、あとをついてきた。
　名前……呼んだ。しかも、小嶋くんの前で。
「痛いか？」
「ううん……、大丈夫……」
「嘘つくな」
「嘘じゃないよ……」
　本当に。嘘じゃない。
　痛みを忘れるほどに、今ドキドキしてる。

　連れてきてもらった保健室は、無人だった。保健の先生すらいない。
「今の時間って、職員室で朝礼なのかも。あたしがやる！　芦沢くん、そこの椅子に下ろしてあげて」
　仁奈に言われるままに、翼はあたしの体を近くの椅子に下ろした。
「ありがとう、運んでくれて……」

「別に」
　お姫様抱っこをされていた時よりも、少し冷静になった今の方が恥ずかしい。
　頬の痛みも、少しずつ戻ってきた。ジンジンする。
「救急箱、勝手に使っちゃってもいいよね。こっち向いて、このは」
　テキパキと用意した仁奈が、あたしの目の前に座って、消毒液をこちらに向けた。
「もー！　女の子相手に全力で引っぱたくとかふざけてる！　口から血出てるじゃん！　そのゴリラ並みの力、もっと別なことに役立てればいいのに！」
「い、いた、痛いよ、仁奈……っ！」
　怒りに任せて、消毒液を含んだ綿をグリグリ押し付けるから、治療のはずなのにむしろさっきよりも痛い。すっごいしみる。
「このはもバカだよ！　助けなくていいって言ったでしょ！　あたしの代わりにケガなんかして！」
　怒られているのか、心配されているのか。
「もう……、いいのに、助けなくて……。わざと手出しさせたのに……。ごめん……」
　ぐすぐすと涙交じりの仁奈の言葉に、反応せずにいられない。
　わざと？
「わざとって何？　どうして？」
「……」

仁奈は黙り、翼の存在を気にするように目配せをした。
　誰かがいると、話せない内容？
　先ほどの火が消えたかのように、冷静にあたしの唇のはしに絆創膏(ばんそうこう)を貼ると、仁奈はニコッと笑った。
「はい、できた。……このは、放課後時間ある？」
「うん、大丈夫だけど……」
「じゃあ空けといてっ。芦沢くんも、迷惑かけてごめんね」
「いや、俺は何も」
　仁奈は笑っているけど、どことなく元気がない様子で、心配になる。
　わざと怒らせようとしたとか、そんなことを好き好んでやる人の理由なんて、相当なもののような……。
　ポンッと大きな手の平が頭に落ちてきて、見上げるとそこには翼。だけど、視線はまっすぐ仁奈に向けられていた。
「あのさ、こいつ……、このはとふたりにしてもらっていいかな」
「えっ!?」
　仁奈よりも先に驚いたのは、あたし。
　一瞬ケガのことを忘れていて、口を大きく開けたせいでビリビリ痛くなった。
　せっかく貼ってくれた絆創膏もはがれかけて、手で押さえる。
　仁奈は翼を好きなんだから、ほかの女子とふたりきりになんてするわけが……。
「うん。あたし教室に戻ってるね。あいつにどうやって反

撃してやろうかな」
　なのに、あっさりと受け入れた上に、とても物騒なセリフまで。
「お大事にね。保健の先生が来たら、保冷剤とか借りるといいと思うよ」
　仁奈は小さく手を振り、保健室をあとにした。
　扉が閉まる音がして、それを最後に保健室が静寂に包まれた。
「……」
「……」
　なんであたしとふたりきりになりたがったの……？
　しゃべらないし。
　頭に乗った手が、温かい。
「……なんか、びっくりする。慣れない。ずっとあたしのこと名前で呼ぶから……」
「自分で言ったんだろ。昔みたいのがいいって」
「昔は、名前呼ばれたくらいじゃ、ドキドキしなかったもん……」
　口を開くと、傷が広がるみたいで痛い。
　殴られた時、頬とか唇のはしが思いっきり歯に当たったもんなぁ……。
　あの時は衝撃でクラクラしていたけど、今は意識もはっきりしている。
「……ドキドキしてんの？」
「え？」

「名前呼ばれたくらいで」
「……。……、あっ!」
　この、考えなしに発言する癖をどうにかしたい。
　言った。名前呼ばれてドキドキする、って。
「……」
「……」
「な、名前呼ばれたからじゃないよ……」
　翼と視線がぶつかる。
「翼が、呼ぶから……」
　あ、ダメだ。このままじゃ、「好き」って言っちゃう。
　ダメ、ダメ、……だめなのに。
「あたしは、ずっと翼と……」
　ダメ。
　大きな手の平が、絆創膏の上から傷口を包むように触れる。
　顔が近づいて、コツンと額同士がぶつかった。
　ダメって……、何?
　頬を包む手が少し動いて、親指が唇を塞ぐ。
　これじゃあ、続きをしゃべれない。
「あのさ、俺……去年言ったことなんだけど」
　去年って、何?
　言ったことなんて、いっぱいあるからわからない。
　だって、あの頃は毎日一緒にいた。
　ずっとそばにいた。
「お前が、刺された日」

また、お前って言った。
　　　ちゃんと呼んで、名前。
　　　呼ばれなくても、どうせ……ドキドキするけど。
「あの日……、言いたいことがあった」
　　　知ってるよ。忘れてない。忘れたいけど……。
　　　言ったよね、あたしと幼なじみなんか嫌だって。
　　　目を伏せたいけれど、頬を包む手の平がそれを許してくれない。
　　　拒否をしたくても、唇は動かない。
　　　もう一度、同じことを言われるのかな……。
　　　それとも──。
　　　──ガラッ。
「!!」
　　　緊迫した空気を壊すように開いた扉。
　　　ビクッと反応して、音の正体を確かめると、そこにいたのは保健の先生。
「おっ……とぉ？　……邪魔？」
　　　サバサバした雰囲気の、ショートカットの女の先生は、あたしたちの様子を見て口に手を当てた。
「じゃ、邪魔とかじゃないです！　あの、先生がいなかったから勝手に道具使わせてもらってて！」
　　　焦って、パタパタと両手を動かしながら説明する。
　　　多分、あたし、かなりあやしい。
　　　翼も緊張の糸が切れたのか、脱力したのか、ガックリと頭を落としている。

「そうなんだー、ごめんね。今日は朝礼が長引いちゃってさ。ケガしたところ、どこ？」

　先生が近づいてきて、翼は自然な流れで席を立った。

「やだ、痛そう。ちょっと腫れてきてるね。どうしたの？ケンカ？」

「いや、あのー……、階段から落ちて……」

「階段？」

　自分でも思う。言い訳がベタすぎて、こんなの嘘以外の何物でもない。

　階段から落ちて、頬だけ打った。うん、あるある。

　……ないな。

　目を逸らすあたしに、明らかな疑いの目を向ける先生。

　何も聞かないでほしいという想いが伝わったのか、ため息をついて立ち上がった。

「わかった。階段から落ちたのね。待ってて、保冷剤持ってくるね。言いたくなったらいつでも話聞くから」

　先生が再び保健室から姿を消して、ほどなくしてチャイムが鳴り響いた。

「……」

「……」

　先生もいなくなったから、さっきの続きを聞かせて。……なんて言ってもきっと、ダメなことはわかっていた。

　こんな、すぐに第三者が戻ってくるって確定している状況で、気軽に話せることなんじゃないって、知ってるから。

　だったら、せめて。

「翼」
「ん？」
「先生が戻ってくるまで……、もう少しいてほしい」
「……うん」
　翼は再び目の前の椅子に腰を落とす。
　翼が手を伸ばして、あたしたちは何年かぶりに手を繋いだ。握るだけの、幼い繋ぎ方で。
「おまたせー。冷たすぎるからハンカチに包んできたよ」
　先生が戻ってきてすぐに、翼は立ち上がる。
「じゃあ、俺はこれで」
「授業戻る？　じゃあこれ、入室証明書ね。今の授業の先生に提出して」
「ありがとうございます」
　先生にぺこっと会釈をして、翼が保健室から出ていく。
「はい、ちょっと冷たいよ」
「っ！」
　頬にぺたっと冷たいものが当たってびっくりするけど、火照った肌には気持ちいいかも……。
「今の彼氏？　女子が皆騒いでる子じゃない？　優しくていいね〜」
「彼氏じゃないです……。幼なじみ……」
「あ、そうなんだ？」
　あたしの彼氏は、……小嶋くん。
　自分から始めたことなのに。あたしは、後悔してるのかな……。

そのあとは、先生の勧めでベッドで休ませてもらい、教室に戻る頃には３時間目も終わろうとしていた。
「いたた……」
　ベッドの上でずっと冷やしていたとはいえ、傷はさすがにすぐには治らない。
　腫れているところが、何か変な感じ。歯医者で口の中に麻酔をかけられた時と、感覚がちょっと似ている。
　教室に戻る前にトイレに寄って、鏡を見ると、微かに片方だけプクッと膨らんでいた。
　やっぱりなんか……２割増でブスになったような……。
　自分で思って、自分でへこむ。
　人前に出るのは抵抗があるけど、早退したらママに変に思われるだろうし。
　放課後までに腫れが引かなかったら、今度はなんて言い訳しようかな。
　仁奈も放課後に話があるって言ってたし、それまでは学校にいなきゃ。
　話って、なんだろう。
　それに、翼が言いかけたことも気になる。続きを聞ける日は、来るのかな。
　翼の手、大きかったな……。指なんか、すっごく長くて。
　自分の手の平を見て、顔を熱くしたすぐあとに、火を消すようにぎゅっとこぶしをつくった。
　小嶋くんとも、まともに手を繋いだことなんてないのに。
　間違っているのは……、おかしいのは、あたし。

鏡の中の自分をにらんで、教室に向かった。

　あんなことがあったばかりだから、教室に入りづらい。
　ちょうど休み時間。
　このざわめきに紛れて、何事も無かったかのように中に混ざれないかな……。
　少しだけ扉を開けてそーっと覗きこんでいたけど、意を決して教室に飛びこんだ。
　あたしひとりが現れただけで、教室中がワッと沸く。
「このはちゃん、平気？　ちょっと腫れてるよ」
「大変だったね」
　心配して寄ってきてくれる人たちや、遠巻きにコソコソ噂話をする人たち。
　あたしはどうしたらいいかわからなくて、愛想笑いで返す。
　殴った女子は……、いないみたい。帰ったのかな。
「内海、大丈夫？」
「あ、小嶋くん……、うん、ありがとう」
　小嶋くんに対しては罪悪感があるから、目が合わせづらい。
　視線を少しずらすと、翼の姿が目に入って、あたしはまた慌てて別方向を向いた。
　この教室、すごく心臓に悪い……！
「本当は、俺が保健室まで連れていきたかったな」
「あ……、えーと……」

実際に保健室に連れていってくれたのは、翼。しかも、お姫様抱っこで。
　自分の顔が赤くなった気がして、手の平で顔の下半分を隠した。
「小嶋くん優しーい、さすが彼氏だよね〜。めっちゃ愛されてるっ」
「ねー、いいな」
　まわりにいる女子が、あたしたちに羨望の眼差しを向ける。
　胸の音が、どくんと大きく鳴った。
「でも、芦沢くんも優しいよね。このは幼なじみなんでしょ？　あんなふうに抱えていってくれるとかさぁ」
「ねー。あれ、めっちゃうらやましかったー！　ふたりがただの幼なじみでよかったよ。このはが彼氏もちじゃなかったら許されないんだからね、あんなのー」
「わかる！」
　黙って冷静を装って聞いているけど、速くなった鼓動は治まりそうにない。
　むきだしになった腕の傷痕が、じわじわ疼いてくる。
　ポンッと肩を叩かれ、ビクッと飛び跳ねると、その相手は小嶋くんだった。
「内海、今日も一緒に帰れる？」
「え？　あ、今日は仁奈が放課後に何か話したいことがあるって言ってて」
「待ってるよ」

「遅くなるかもしれないけど」
「大丈夫」
「だったら……。うん」
　じゃあ、今日は早速あたしがおごる番かな。アイスは行っちゃったし、どうしよう。
　でも、この顔でお店に入るのは抵抗がある……。
　そんなことを考えていると、どこからか走ってきた仁奈がドンッとタックルするように抱きついてきた。
「このはっ！　治った？　さっきまでの授業、コピーしてきたよ」
「いたた、ありがとう仁奈」
　ノートをコピーしに行ってたから、いなかったのか。
「痛い？　痛いの？　もう、代わりに殴られたりするからだよ」
「痛いのは今のタックルだよ……」
「愛のギューでしょうが！」
「うう……っ」
　そう言って、ますます首に抱きつくから、苦しくてうめき声が出た。
　まわりの皆は笑っている。
　この傷のことで、仁奈まで変な目を向けられていたらと思っていたから、笑ってもらえてむしろよかった。
　仁奈はそっと離れ、眼差しを曇らせて、あたしの頬に指で触れる。
「やっぱり、ちょっと腫れちゃったね……」

「大丈夫だよ。すぐ治るよ」
「そうだといいな……」
　仁奈は視線を落とし、今度はあたしの左手をそっと握った。
「このはが痛い思いするのは、おかしいよ」
「……？」
　仁奈によって持ち上げられた、左腕。
　小嶋くんが目を見開き、すぐに目を逸らした。
　その古傷に、きっと小嶋くんも気づいていた。

　授業も全て終わり、放課後。あたしと仁奈は、人目を避けるように空き教室でふたりきりになった。
「このは、ちょっと腫れ引いたんじゃない？」
「本当？　よかった」
　これなら、ママに変な言い訳しなくて済むかも。
　唇の端の傷は……、口内炎とかって言えばごまかせないかな……。
　あたしが自分の頬を気にして触っていると、仁奈はいきなり目の前で頭を下げた。
「ごめん！」
「……えっ？」
　思いもよらない行動に、あたしは目を瞬かせてポカーン。
　これ、どんな状況？
「え、ちょっと、仁奈、どうしたの……」
「あたしが芦沢くんのこと好きだってことは、嘘！」

「は……、……え?」
 仁奈は、翼を好きじゃない?
 そんな嘘をついた理由を聞く前に、まずホッとしてしまった。
「……怒ってる?」
 顔を少しだけ上げて、仁奈は困り顔でチラッとあたしを見る。
「怒ってないよ。ていうか、今のこの状況がよくわかんないんだけど……。なんでそんな嘘ついたの?」
「このはが、小嶋くんと付き合うとか言うから……」
「はい?」
 理由になってるような、なってないような。……いや、やっぱりなってない。
「え、ごめん、わかんない……」
「だーかーらー、芦沢くんのことが好きなのに、小嶋くんと付き合うとか言うからだよ! 両想いのくせに!」
「り、両想いじゃ……ない」
「もう! バカなの?」
「だって、翼は自分を好きな女子のことが嫌いなんだよ! だったら、きっとあたしのことも嫌いだよ……」
「あー! めんどくさーい!」
 頭をガシガシ掻いて叫んだ仁奈は、あたしの頬を両手でぎゅうっとつまんだ。
「ひゃ、いたい、いたい……っ!」
「おバカなこのはちゃんは、もっと痛くなんないとわかん

ないんじゃないのー!?」
「えー！」
　ていうか、傷口開く。開くって！
「小嶋くんと付き合えば、芦沢くんのことが好きじゃないように見えるから、嫌われなくて済むとか思ってんの？」
「！」
　図星をさされ、あたしは目を逸らして小さくうなずいた。
「やっぱりバカじゃん。そんなの、小嶋くんにも失礼だよ」
「う……」
　本当に、そのとおり。だから、反論もできない。
「このはは、そんなことする必要ないのに。バカ」
「……どういうこと？」
「教えない。自分で気づいて」
　ツーンと、仁奈は不機嫌そうに顔を背けた。
　あたしは怒られている、多分。
　というか、何しにここに来たんだっけ。
　あ、翼を好きだって、嘘。
「仁奈、翼を好きじゃないって、本当？」
　仁奈はピクッと反応して、先ほどの態度とは対照的に、バツの悪そうな表情を見せた。
「……うん。別に好きじゃない。イケメンだけど」
「なんで？」
「……」
　仁奈は黙り、あたしの左腕に視線を落とす。
　この傷、人から見たらそんなに変に思うものなのかな。

あたしは全然気にならないんだけど。
　翼は気づいてたのかな。仁奈の本当の気持ち。
　だから、「仁奈も翼のこと好きになったみたいだよ」って言った時に……。
『あれは、そういうんじゃねーんじゃねーの』
　あんなことを……。
　自分に本当に好意があるかどうかなんて、わかるものなんだ。
　それなら、仁奈に冷たくなかった理由もわかる。
　だったら、やっぱりあたしが翼を好きだってことは、だだ漏れなの……!?
　仁奈はあたしの手を取り、じっと近くで傷痕を見る。
「これ、芦沢くんを好きな女子にやられたって言ったよね」
「うん、そうだけど……」
　やっと口を開いてくれたけど、翼を好きなフリをした理由にはなっていないような……。
「でもさ、芦沢くんは、その子のことを好きだったの?」
「ううん、あの直前に告白されて、ふったみたいだったけど」
「彼女でもないくせに逆恨みして、このはが刺されるのはおかしいよね」
「うん……」
　どうしたんだろう。仁奈の声色が、どんどん鋭く重くなっている。
「大丈夫だよ。言ったでしょ、もう痛くないって」
「でもまたやられたでしょ!　このはは悪くないのに、お

かしいじゃん！」
　腕をつかまれ、目の前で叫ばれて、あたしは唇を結んで目を見開いた。
　び、びっくりした……。
　仁奈はいつもマイペースに笑っていることが多かったから。
「好きだったら何してもいいわけじゃないでしょ。そもそもそんな女、芦沢くんが選ぶはずないのに。このはたちが一緒にいられなくなるなんて、変！　両想いのくせに」
「仁奈……」
「中学の時はまだ助かったかもしれないけど、このはが芦沢くんといれば、同じことをする奴はこの先また現れる。だから、そうなる前にわざとあいつを怒らせたの。絶対手出してくると思ったから。皆の前でやれば、"好きな男を取られたくないからって、お前らがやってることはおかしい"って思い知らせられるでしょ」
「え……」
　そんな力技な……。
　というか、それ、あたしのために？
「結局は、このはが殴られちゃったし。でも思ったとおり皆ドン引きで、あいつは友達と一緒に早退したみたいだよ。これで、ちょっとは過激な奴も減るんじゃないかな。あれ見たら、さすがにねぇ。第三者から見たら、完全に痛い子だもん。ああはなりたくないだろうし」
　淡々としゃべる仁奈に、あたしはパカッと口を開けたま

ま閉じることができないでいた。
　仁奈は、翼のことが好きだったわけじゃなくて。
『3人で登校すれば、そこまで妬まれないんじゃない？』
　今朝のあの言葉も、あれは自分のことじゃなくて、あたしが翼と登校できるように？
　そんなにあたしのこの傷痕のことを気にしてくれていたなんて……。
　下手をしたら、仁奈が女子から恨まれる立場になっていたのに。
「あれ？　なんか泣きそう？　……あたし、やっぱり余計なことしたかな？」
　そう言って苦笑いをする仁奈の顔を見て、慌てて指先で涙をすくい取る。
「ううん、ありがとう仁奈……」
　それなのにあたしは、まわりを気にせずまっすぐ翼のそばに行く仁奈をうらやましく思って。
　恥ずかしい。自分は何も行動に移せなかったくせに。
「あとはねー、このはにやきもち妬かせようと思って。あんたたち、見ててイライラするの。ふたりとも好きなくせに、いつまで経ってもくっつかなくて」
　……仁奈の思惑どおり、ばっちりやきもち妬いてました。
「でもさ、翼も何も知らなかったんでしょ？　あんなにグイグイ押してたら、もしかして翼が仁奈を好きになっちゃってたりとかしたら……」
「それはそれで、別にいいんじゃない？」

「えっ……」
「芦沢くんの顔は好きだし。あんなイケメンと付き合えたらラッキーだし。そんなのであたしを好きになるくらいだったら、たいしてこのはのこと好きじゃなかったんだろうしねー」
「……」
　再び淡々と語られ、あたしは今度は顔をサーッと青くさせた。
　そんな様子を見た仁奈は、ニヤッと口角を上げた。
「どうする〜？　あたし、やっぱり芦沢くん取っちゃおっかなぁ？」
「や、あの……、い……嫌なん……ですけど」
「そう？　それならあとは自分でがんばればぁ？」
　仁奈はニヤニヤしたまま、あらかじめここに置いていた自分の鞄を持って出口に向かった。
「じゃねー、ばいばいっ」
「あっ、仁奈！」
「んー？」
「ありがとう……」
　お礼を言うと、仁奈はキョトンとして、
「勝手なことして、文句言われるの覚悟してたんだけど。こっちもありがと」
　少し頬を染めて、扉を開けて出ていった。
　空き教室にひとり残され、両手で顔を隠して大きく息を吐いた。

……小嶋くんに、話さなきゃ。
　あの人は優しいから、翼のファンから守るためにまだ彼氏のフリをしてあげるって言ってくれるだろう。
　……でも。もう、こんなズルい方法で気持ちはごまかせない。
　翼があたしを好きだなんて、仁奈の勘違いかもしれない。
　両想いじゃなくても、一方通行な片想いでも。
　あたしは、翼が好き。
　そのために、今から小嶋くんを傷つけに行かなきゃいけない。
　パンッと自分の頬を叩くと、唇の傷が開いてビリッと痛んだ。
　ドキドキと騒ぐ胸に手を当てて、教室に向かう。
　結構遅くなってしまったから、小嶋くんしか中にはいないんじゃないかと勝手に思いこんでいたけど、扉に付いている窓から見えた姿はふたつで、あたしは思わず身を屈めて隠れてしまった。
　小嶋くんは、いる。
　一緒に、翼も……いる。
　なんで!?
　これじゃ、教室に入れない……。
「翼さぁ、内海の腕の傷知ってた?」
　小嶋くんが、翼に話を振る。しかも、話題はあたし?
　そっか。やっぱり、小嶋くんもこの傷に気づいてたんだ。見られてるな、とは思っていたけど。

そんなに目立つかな？
「知ってた。あれ、俺のせいだから」
　翼の返しに、あたしは立ち上がりそうになる自分をなんとか止めた。
　翼のせいじゃないって言ってるのに！　バカ！
　って、言いに行きたい……！
「やっぱり……。今日、殴られたの見て、なんかそうなのかなって思ってた。翼のまわり、怖い女子多いもんな」
「あいつ、中学まではずっと俺のそばにいたから」
「なんだそれ、いいな。てか、ムカつくな。そっか、それで、翼たちはただの幼なじみなのに、それを勘違いした危ない女に刺されたとかか？」
「違う」
　ちが……くはない、はず。翼とあたしの仲を誤解したあの子が、カッターを向けて……。
「勘違いじゃない」
　翼の声が耳を通り抜けて、頭が真っ白になる。
「勘違いじゃないって、何が？」
　聞きたいことを、小嶋くんが代弁してくれるように、翼に問いただす。
　……あたしって、今この場所で、この先を聞いてもいいの？
　いけないとわかっているのに、ここから動けない。
　胸の音が、さっきよりももっとずっと大きい。
　翼は、なんて言葉を……。

「なんでお前に先に言わなきゃなんねーんだよ」
　……そうきたか。
　聞くのをためらっていたくせに、あたしは思いっきり肩を落とした。
　こんな感情、矛盾してる……。
「なんだよ、お前マジで口悪いよな」
　翼の失礼な物言いを気にもせず、小嶋くんの笑い声が聞こえる。
　小嶋くんは、本当に優しい人……。
「冷たくても、口悪くても、翼みたいなのが女子は好きなんだよなー」
　翼は答えないけれど、表情は多分イラッとしてる。
　翼は女嫌いだから。モテたいなんて思っていないから。
　だから、翼にとってそれは、ほめ言葉にはならない。
「でもさ、それにずっと内海は巻きこまれてきたんだろ」
　小嶋くんの言葉に、またあたしは反応して飛び出していきそうになるのをこらえた。
　違うのに。巻きこまれたなんて思ったことはない。
　あたしは、好きで翼のそばにいたの。
　せめて、翼自身が否定してくれればいいのに。
　でも、それはない。翼が一番、自分のせいだと思っているから。
「今日はお前に持ってかれたけど、今度からは全部、俺が内海を助けるから」
　あたしは、口を手で押さえて声を殺した。

「っ……」
　小嶋くんがこんなに想ってくれている。
　あたしは、本当にバカだ。最初から、この人に頼ってはいけなかったのに。
「ふーん。お前、このはの彼氏だもんな」
　こんな時でも、翼の口からあたしの名前が出たことが、こんなにも胸に響く。
「俺も、"ただの幼なじみ"じゃ、あいつのこと守れないんだ」
　胸の音がうるさい。
　お願い、ちょっと……黙って。翼の声が聞こえないの。
「だから、奪うよ」

「内海、内海？　大丈夫？」
「えっ!?」
　ボーッとしていたあたしは、小嶋くんが呼ぶ声で意識を取り戻した。
　薄暗いまわり。
　通学路を小嶋くんとふたりで歩いていた。
　……あのあと、あたしは教室から離れて、しばらく経ってから戻ると、翼の姿はなくなっていた。
　結果、すごく待たせてしまったのに、小嶋くんはずっと教室で待ってくれていた。
　翼の、あの言葉。あれは、現実？
　夢を見ていたような気がする。だって、なんだかフワフ

ワする……。
　あたしは、小嶋くんに話をしなきゃいけない。
　ごくんとひと息呑みこんで、すうっと息を吸う。
「あ、あの、小嶋くん……」
「内海ってさ」
「話が……、……え？」
「内海って、翼に、俺とは付き合ってるフリって言ってなかったんだ？」
「あ……、うん……」
　そういえば、さっきの翼の口ぶりでは、本当にあたしたちが付き合ってるような感じだったし、小嶋くんもそれで気づいたんだ。
『あたし、小嶋くんと付き合うことにした』
　部屋の窓を開けて、一方的に告げた。
　あの時は、小嶋くんを本当に好きになれると思っていて。好きになりたいと、思っていた。
　自分に嘘をつくのは、もう……無理。
「こ、小嶋くん……、あの……、話があるの……」
　立ち止まり、小嶋くんの目を見る。
　元々、本当に付き合っていたわけじゃないから、「別れてください」はおかしい気がして、戸惑う。
　小嶋くんは、あたしとは付き合っているフリのつもりでいたのかな。それとも……。
「その話ってさ、今すぐじゃなきゃダメ？」
「え？」

「聞きたくないんだけど」
　喉元で止まっていた言葉を、聞かれてしまったのかと思った。
　気づいてる？　あたしが言いたいことに……。
　真剣な眼差しに、グッと言葉が詰まるけど、あたしは小さくうなずいた。
「うん……、聞いてほしい」
「……そう」
　夏なのに、指先が冷えているのがわかる。
「小嶋くん、あのね」
「じゃあ、デートしない？」
「デ、……え？」
　どこから、「じゃあ」に繋がったのか。
　脈絡が無さすぎて、あたしはパチパチと何度も瞬きを繰り返す。
「昨日さ、アイスのお礼で何かおごってくれるとかって言ってたでしょ。あれの代わりに、俺と次の日曜デートしてくれない？」
「え、いや、あの」
「じゃないと、話なんか絶対聞かないよ」
「え、ええ!?」
　小嶋くんって、こんな人だったっけ？
　強引に話を進めるなんて、らしくない。
「ちなみに、次はちゃんとふたりでのデートね。話なら、そのあとに聞くよ」

「えっと」
「どこ行きたいか考えといて。ごめん、電車の時間やばいから、最後まで送れないや。気をつけて帰って。じゃ！」
「あっ！」
　しゃべりたいことだけをひと息で告げ、小嶋くんは元来た道を走って戻っていった。
　何もできなかったあたしは、小嶋くんの背中に、届かない手を伸ばすばかり。
　デートしないと、話は聞かない……？　え？
　時間が経ってから事態を理解したあたしは、その場で頭を抱えた。
　ど、どうしよう！

「帰さない」

……やってきてしまった。日曜日。
　　現在地、最寄り駅のホームにひとり。
　　行き先は、遊園地。
　　小嶋くんに「どこに行きたい？」と何度も聞かれ、困っていたあたしに、「決まんないなら、遊園地ね。10時半集合」と、ササッと告げたのが金曜日のこと。
　　こんなに余裕がなさそうな小嶋くんははじめて。
　　人の話も聞かず、自分の都合だけで物事を決めるような人じゃないのに。
　　あたしの話の内容に、勘づいているのかな……。
　　翼には、小嶋くんと出かけることは言わなかった。
「……」
　　うつむいて考えこんでいたら、電車がホームに到着して、重たい足どりで乗りこんだ。
　　待ち合わせ場所は、遊園地前の駅。
　　改札を出てからキョロキョロしていると、うしろから名前を呼ぶ声が聞こえた。
「内海、こっちだよ」
　　ポンッと肩を叩かれて、振り返る。
「小嶋くん、おはよう……。うしろ姿なのに、よくわかったね」
「うん、わかる。普段からよく見てるから」
　　ニコッと笑って告げられた言葉に、あたしは返事が見つからなくて、赤くなってうつむいた。
『デートしてくれたら、話聞くよ』

それは、つまり、このあとあたしは、小嶋くんのことを……。なのに。
　そんな顔をしないで。
　半袖を着て、むきだしになった傷痕を無意識に触る。
「行こう、時間もったいないよ」
「あ、うん」
　小嶋くんに急かされて、あたしは遊園地の方へと足を進めた。
「最初、何乗る？　内海って、絶叫系大丈夫だっけ？」
「うん、結構好きだけど……」
「激しいやつは昼前の方がよさそうだから、今行っとこうか」
「うん……」
　遊園地を出たあとのことを考えると、どうしても覇気のない笑顔しかつくれない。
　小嶋くんもすぐにそれに気づいたようで、申し訳なさそうな顔で笑った。
「ごめん。やっぱり、今日無理矢理付き合わせちゃってるよな」
「えっ、そんな……」
「でも、来てくれてうれしかった。一方的に取り付けた約束だったから、来なくて当たり前くらいに思ってたからさ」
「小嶋くん……」
　そうだ。こんな、楽しむための場所に自分の意思で来ておいて暗い顔をするとか、誘ってくれた人に対して失礼す

ぎる。
「ううん、行こう！　ジェットコースター！」
　あたしは、その場から見えるアトラクションを指差して、叫んだ。
　ふたりでジェットコースターの列に並ぶ。アトラクション入り口前にあるモニターに表示されている待ち時間は、『30分』。
　以前ここに来た時には、待つこともなくすんなり乗れたのに。
　今日は日曜日だからかな。
　前に来た時って、何曜日だっけ？　あれは、小６の遠足だったかな。じゃあ、平日か。
「お前、身長足りなくて乗れないんじゃねーの」って、翼にバカにされて……。
「翼にさ」
「っ!?」
　心の中がすけているのかと思った。
　小嶋くんの言葉に過剰反応して、反射的に顔を見る。
「え、つ、つばさ？　が、何？」
　動揺しすぎ、あたし！
「翼に、今日のこと言ったんだ」
「え？」
「内海と、ふたりきりで出かけること」
　言ったんだ……。ふたりは友達だし、報告しても不思議じゃないんだよね。

「そう……なんだ……」
　ほかに、なんて言えばよかったのか、わからない。
　……翼にだけは言えないなんて、そんなあたしの気持ちまでも、見透かされてるんじゃないかって思った。
「ごめん、迷惑だった？」
「ううん、そんなことない」
「そう？　翼、心配して、もしかしてこっそりここに様子見にきたりしてね」
『奪うよ』
　あの日から、頭から離れない翼の声が、ひと際大きく脳内で響く。
「まさか。来るはずないよ」
　そんなふうに笑って見せるけど、あたしは思わず首を回して辺りを見回した。視線の先には、誰もいなかったけれど。

　園内が混んでいることもあって、午前中に乗れたアトラクションはたったのふたつ。
　お昼になり、遊園地の中にあるひとつのレストランを選んで、入ることにした。
　お昼時だから考えることはみんな同じようで、ここもなかなか混んでいる様子。
「ここ、セルフなんだって。先に席取りしてくる。内海はここにいて」
「ありがとう」

小嶋くんは荷物を持って、たくさんあるテーブル席を選びに行った。
　空いてるかな、席。
　人がいっぱいいるから……。
　――ピコンッ。
「！」
　ショルダーバッグからスマホの通知音が聞こえて、慌てて手を入れた。
　もしかして！
　逸る気持ちを抑えきれず、手の上で一度バウンドして落としそうになった。
「わ、あぶなっ」
　なんとかキャッチして、見たメッセージの送り主は、『仁奈』。
　……ガッカリしちゃってごめんなさい。
『あの漫画おもしろかったよ！　続き明日持ってきてほしいな～』
　そういえば、金曜日におすすめの少女漫画を貸した。
『OK』と、スタンプをひとつ返して、スマホを握りしめる。
　翼からなんて……あるわけないよね。
　キョロキョロと見渡してみても、知らない人だらけ。
　来るはずない。わかってる。

　お昼を済ませ、再び外に出る。
「食べたばかりで気持ち悪くなりそうだし、ゆったりめの

やつ乗ろうか。何がいい？」
　小嶋くんに尋ねられ、よそを向いていたあたしは急いで笑顔をつくった。
　危ない。
「うん、そうだね。何にしようか」
「なんか探してんの？」
「え？　何も……」
　ドキッと跳ねた肩は、バレなかっただろうか。
　小嶋くんはあたしの顔から視線をずらして、傷痕のある左腕を見た。
　すぐに逸らしたから、勘違いかもしれなかったけど。
「内海は高いとこも平気なんでしょ？」
「うん。わりと好き」
「あれ乗らない？」
　小嶋くんが空に向かって指を差す。それに合わせて、あたしも空を見上げた。
　そこには、遊園地の象徴ともいえる大きな輪っか。観覧車。
「……観覧車？」
「行こう」
「あっ、ま、待って……！」
　迷う隙も与えられず、小嶋くんはあたしの腕を引いて、観覧車乗り場まで駆けていった。
　途中でうしろを振り返ったけど、知っている人は誰もいなかった。

観覧車っていうと、乗ってしまえば１周15分くらいはかかるよね。
　あんな狭い場所に、ふたりきり。
　観覧車のてっぺんでキスをしたカップルはずっと幸せとかいうジンクスはどこにでもあるものだけど、この遊園地もそうだったかな。
　聞いたことがないからわからないけど、こんな気持ちで乗るのは違うと思う。
　ちゃんと断らなくちゃ。
「こ、小嶋くん、あの、あのねっ」
　観覧車乗り場までは、石段を上らなきゃいけない。
　腕を引かれてずっと走っているから、息が切れてうまくしゃべれない。
「はぁ、はぁ、ちょ、待っ……、速い……っ！」
　しかも、舌嚙みそう。
　ほかのアトラクションはそこそこ混んでいたのに、観覧車だけはやたらと空いていて、呼吸を整える時間すらなく、乗り場に着いてすぐに係員に案内された。
「２名様ですか？　こちらへどうぞ」
「はぁ、はぁ、……え？」
　立ち止まれたのは、ほんの数秒だけ。
　うつむいて、顔を上げたらそこにはもうゴンドラがあった。
「内海、先に乗りなよ」
「あの、あたし」

「足元気をつけて」
　小嶋くんのその言葉に、拒否権はなかった。
　背中を手で押され、押し込められるように乗りこんだ観覧車の中で、あたしはせっかくの景色も見ずにうつむいていた。
　小嶋くん、なんかおかしい。おかしいっていうか、ひどい。
　あたしが困っていたこと、気づかないはずがないのに。
　これから約15分。この重たい空気のなか、時間がもちそうな気がしない。
　あたしはずっとうつむいていたから、小嶋くんがどこを見ていたかなんて知らなかった。
　今、このゴンドラはどの辺を回ってるんだろう。
「……ごめん」
　ポツリと落とされた声に、あたしは顔を上げた。
「無理矢理乗せるようなことして、ごめん」
　その目は、まっすぐにあたしを見ていた。
「うん。正直、ちょっと困った。謝るなら、なんでこんなことしたの？」
「ゆっくり話ができる場所が欲しくて。内海、今日ずっとその辺見てソワソワしてるから、逃げられたらどうしようって思って」
「それは……」
　それは、ふたりで出かけることを翼に言ったとか言うから……。

ううん、そんなの、自分の行動を正当化してるだけかな。
　今日は、あたしたちふたりで来たのに。
　確かに、最初は押しきられた形だったけど、あたしは自分の足でここに来た。
「それは、ごめんなさい。小嶋くんとふたりでいるのに、失礼だったよね……」
　小さく頭を下げて謝ると、小嶋くんはあたしを見て笑った。
「なんで内海が謝ってんの？　無理矢理約束とりつけたりとか、話も聞かないでこんなとこに押し込めたりとか、俺の方がひどいことしてんのに」
　うん、まあ、確かに。
　とか思うけど、言わないでおく。
「ごめんついでに、もうひとつ。翼に今日のこと言ったっていうの、嘘だよ」
「……」
　嘘？
「……嘘っ!?」
「そう、嘘」
「なんで!?」
「どんな反応すんのかなーって思ったから」
「思わないで！」
「はは」
「笑わないで！」
「テンポいいね」

じゃ、ない！
　思いっきり立ち上がってしまったから、そのせいでゴンドラがぐらりとゆれた。
　忘れかけてた。ここは、地上から大分離れた観覧車の中。
　チラッと外を見てみると、頂上を過ぎて、後半の半周に突入していた。
　立っていると危ないから、あたしはまたおとなしく席に着いた。
「あーあ、半分過ぎちゃったな」
　小嶋くんも窓の外を見る。
　そして、窓から目を離して、小嶋くんが再び正面から見つめ、目だけを動かしてあたしの腕を見た。
「その傷……、ちょっと前から気になってたんだけど」
　やっぱり。何度もチラチラ見られていたのは、気のせいじゃなかったんだ。
「うん。最近人前でも腕を出すようにして、隠してないの」
　話したいことがあるっていうのは、これのこと？
　あまり見たくないのか、小嶋くんはたまに視線を外す。
　人から見たら、そんなにこれは痛々しいものかな。それはそれで、別にいいけど。
　他人の目は気にしないし。……翼以外なら。
「その腕……、無理して出してるんじゃないの？」
「え？　ううん、全然」
「いいよ、嘘つかなくて。ほかに誰も聞いてないんだから」
「嘘ついてないよ、本当に。もう痛くないし」

何？　その話……。その言い方だと、なんか……。
「翼を好きな女子に逆恨みされて、巻きこまれたって聞いた」
「うん、えーと、間違いじゃないんだけど、巻きこまれたっていうか」
「翼のせいなんだろ？」
「何言ってんの、違うよ」
　この話、まだ続くのかな。嫌だな、聞きたくない。
　小嶋くんは、こんな話をしたくて、こんなふうにあたしを観覧車にまで乗せたの？
「内海、今まで長袖しか着なかったじゃん。それってさ、隠してたからなんじゃないの？　それを翼が気にするから、嫌だけど腕出してるとか」
「だから、違うの！　翼のせいだなんて思ったことないよ！」
　あまりにも決めつけた言い方をするから、あたしは思わず声を張り上げた。
「翼だけを悪者にしようとしないで！　小嶋くんは、翼の友達でしょ!?」
　ゆれるのも構わず、あたしはまた勢いよく立ち上がった。
　ぽたっと、温かい何かが手に落ちた。
　涙？
　こんなことで泣いてしまうなんて、情けない。
　話をするつもりでやってきた遊園地。なのに、今ではもう、少しも小嶋くんのそばにいたくない。

わかってる。それが、あたしのことを思って言ってくれたというのは。
　でも、だけど、全部受け止められるほど、あたしは大人じゃない。
　観覧車が１周して、乗り場に戻ってきた。
　係員のお兄さんがゴンドラの扉を開けた瞬間に、あたしは外に飛び出した。
「内海！」
　小嶋くんが、背中で名前を呼んだけど、振り返らなかった。

　泣きじゃくって、頭の中がぐちゃぐちゃだったわりには、ちゃっかりと自宅の最寄り駅までの切符を購入したらしい。
　盛大に泣きながら電車に乗っている女の姿は、誰の目から見ても異様に映ったのだろう。あたしの近くの席には、誰も座ろうとしなかった。
　本当に、今日は何しに行ったの……。
　膝の上に置いた腕を見る。
　この傷のせいで、あんな誤解を招くくらいだったら、ずっと腕を隠していればよかったのかな。
　バッグの中で、スマホが鳴る。
　小嶋くんが『ごめん』とメッセージを送ってくれたけど、返信はしなかった。
　フラフラとおぼつかない足取りで電車を降りて、改札を

出た。
　なんでこんなに涙が止まらないんだろう。
　こんな顔で帰ったら、ママに何を言われるか。
　帰りたくないけど、どこにも行きたくない。
　この駅は学校も近いし、こんな顔を知ってる人に見られたら……。
　誰もいませんようにと、確認するつもりで顔を上げる。
　涙でにじんだ視界で、翼が見えた。
　こんな時に、よりによって翼の幻を見るなんて。
「このは？」
　この幻、しゃべる……。
「お前……」
　……違う！　本物！
　今、一番顔を合わせられない人物を目の前に、反射的に踵を返した。
「待て！」
　一歩遅かった。翼に腕をつかまれ、強制的に制止させられる。
　こんな……ボロボロの状態で会いたくなかった。
「なんで泣いてんだよ」
「なんでもない……」
　せめてもの抵抗として顔を背けるけれど、涙声のせいで全く意味を成していない。
「なんでもなくないだろ」
「っ！」

ぐいっと腕を引かれ、真正面に翼の顔が。
　つまりは、あたしのこの泣き顔も翼に見られてしまったわけで。
　あ、ダメ……。もう……。
　あんなに泣いたのに、翼の顔をまともに見たとたん、また大粒の涙がこぼれてきた。
「こ……っ、小嶋くんと今まで一緒にいて……」
「小嶋？　なんであいつと」
「デートしないと話聞かないって交換条件で、っ……翼に今日のこと言ったって言ってたのにそれが嘘で」
「は？　何言って……」
「観覧車で傷痕が翼のせいとか言われて、違うって話したのに聞いてくれなくて……っ」
「いや、だから」
　泣きながら、ただでさえ聞き取りづらくなっているはずなのに、さらに混乱した思考回路のまま次々と思うままに言葉を紡ぐから、翼はずっと不思議そうに眉を寄せている。
「ずっと待ってたのに」
「さっきからなんの話なんだよ」
　頭ではわかっていても、止まらない……！
「奪うって言ったくせに、なんで来てくれなかったの……!?」
　ああ、もう、めちゃくちゃだ……！
　翼が腕を離して、あたしの頬を大きな手の平で包みこむ。
　キスを予感して、あたしはとっさに顔の前に手を出した。

「ダメ、つばさ……」
　あたしはまだ、小嶋くんの彼女。
「うるさい」
　その手をすぐに奪われ、唇と唇の距離がゼロになる。
「っ……ん」
　ぎゅっと目を閉じると、唇に柔らかなものが当たって、すぐに少しだけ離れた。
「ダメ……っ、や……ぁ」
　いくら抵抗を見せても、すぐに強い力で動きが封じられてしまう。
「んんっ……」
　角度を変えて、何度も。
　熱い。息が苦しい。胸が苦しい。
　翼でいっぱいで、破裂しそう。
　唇を解放され、ぎゅうっと抱きしめられる。
　今までまわりの音なんて何も耳に入っていなかったのに、今さらこの場所が駅のそばだということを思い出した。
「ダメって……言ったのに……」
「だったら、ちゃんと嫌がれよ。俺の前で、あんな顔すんな」
　好きな人からキスをされて、嫌がるなんて器用な真似はできそうにない。
　あんな翼、知らない。
　燃えそうなくらい熱い唇が、今のが嘘じゃなかったことを証明している。
「俺は謝らない」

「バカ……、帰る……」
　何を言っても、翼はあたしを離さない。
　そして、もっと強く抱きしめ、耳元でささやいた。
「帰さない」
　胸の音がどくんと大きく鳴ったと思ったら、言葉の意味を考える時間も与えられないまま、手をぐいっと引かれた。
「えっ、何？　どこに……」
「だから、言っただろ」
　繋いだ手が熱いのは、あたし？　それとも。
「帰さないって」
　視線が重なる。
　キスのあと。その先は。
　まだ……何かが続くの？
「ま、待って、翼……」
「もう、さんざん待った」
「どういう意味……、あっ」
　答えをくれない翼は、あたしの手を引いて、どんどん前に進む。
　翼と手を繋いでいる。
　子どもの頃に繋いだのとも、スケートの時に支えてもらったのとも、どちらとも違う。力強くて、ちょっと痛いくらいで、信じられないくらい強引。
　戸惑いながらもついていくと、見覚えのある住宅街がそこにはあった。
　あたしの家……。

帰さないなんて、本当は嘘。そう思っていたのに、翼はあたしの家を通りすぎて、まっすぐに隣の家に。
　忘れていたわけじゃない。あたし達は、隣同士で、幼なじみ。
　翼は、『パティスリーVanilla』の正面玄関には目もくれず、裏口へ。
　鍵もかかっていないそこは、片手でドアノブを回しただけで簡単に開いた。
　腕を引かれながらだから、靴を脱ぐ時に転びそうになる。
　相変わらず、このお家は甘くていい香りがする。
　行き先は、もうわかっている。翼の部屋。
　翼の両親はお店の方にいるのか、家の中には人の気配がしない。
　こんな、涙でぐちゃぐちゃになった顔を見られなくて、ちょうどよかったかもしれない。
　でも……、誰か止めてくれなきゃ、あたし、翼の部屋に行っちゃう。ふたりきりの空間に。
　ただ前を見て手を引いていた翼が、振り向いた。少し驚いた表情で。
　つかまれた手に目をやると、あたしは無意識のうちに翼の手を握り返していたらしい。

「あっ、待って……、っん……！」
　翼は部屋に入ってすぐ、あたしの腰を引き寄せて、強引に唇を重ねた。

さっきからもうずっと、体に力が入らない。
　熱を全部、翼に奪われる。
「ふぁ……っ、は……」
　唇が少し離れて酸素を求めても、すぐにまた塞がれて苦しい。
　体に力が入らなくて、弱々しい力でなんとか翼の胸にしがみつく。
「ん……っ、やぁ……」
　自分の体なのに、感覚が分からなくなっていく。
　酸素が足りない。苦しい。思考が少しも働かない。
「ふぁ……」
　どんどん足の力が抜けていって、崩れ落ちそうなところを、翼の腕に支えられた。
　翼は、クタクタになったあたしの背中をベッドの側面に押し付けて、深い口づけを続ける。
「も……、だめ……、あ……っ」
　どうせあたしは抵抗なんてできないのに、両手を強く握られて、まともに身動きすらとれない。
「んん……、ぅ」
　もう何回目なんだろう。
　息苦しさでたまに漏れる声が、自分のものじゃないみたい。
　甘い甘い、バニラの香りがする。クラクラして、気が変になりそう。
　遠くの方で、女の人の笑い声が聞こえる。お店のお客さ

んかな。
　すぐ近くのはずなのに、別の世界にいるみたい。
　まぶたを薄く開くと、熱っぽい翼の顔しか見えない。
「は……ぁ、まだ……するの？」
「まだ。全然足りねーよ」
「ん……っ」
　あたしたち、キスしてる。
　ただの幼なじみのはずなのに。
『あたしはずっと翼のこと友達だって思ってる』
　いつかの、自分の言葉を思い出す。
　多分、きっと、もう。……戻れない。

　数えきれないほどのキスのあと、あたしの腕をつかむ力が弱くなった。
　もうダメ。キスの理由なんてなんでもいいから、お願いだから、……受け止めて。
　両手を伸ばして、目の前の翼の体に抱きつく。
「つばさ……、翼……っ！」
　逃げないで。どこかに行かないで。
　まだ好きなの。ずっと好きなの。
　抱きしめ返したりしなくていいから、ここにいて。
　ぐすぐすと泣きじゃくるあたしの背中を、翼がぽんぽんと優しく叩く。
「泣くなよ……」
「キスされたのが嫌なんじゃないよ、勘違いしないで……」

「ツンデレかよ」
「違う！」
　ここにいる。そばにいる。もう、離れたくない。
「あのさ」
　耳のすぐ近くで、声が響く。泣いてるのを気遣ってなのか、とても優しく。
「何？」
「お前、今日そこそこ可愛い格好してるけど、小嶋と何やってきたの」
　そこそこって、ほめてないよねそれ。確かに、友達と出かける時とかの服装と大差ないけどさ。
「前にね……、小嶋くんにアイスおごってもらったの。そのお返しはいらないからデートしてって言われた……」
　翼は、あたしの肩をつかんで、体を引きはがした。ムッと眉を寄せて、不機嫌そうにこちらを見る。
「そんなんでノコノコついていくとか、バカなんじゃねーの」
　暴言。
　それは、やきもちなの？　本気でバカだと思ってるの？　どっちもありえそうで、なんかやだ。
「で。なんで泣いてたんだよ。小嶋になんかされたのか？」
「されたっていうか……」
「まさか襲われたとか」
　襲ったのは、翼の方でしょ。
　そんなことを考えたら、ついさっきの唇の柔らかさとぬ

くもりを思い出して、瞬間で顔が熱くなる。
　翼の唇を見ないように、あたしは少しだけ目を伏せた。
「違う、そんなんじゃなくて……。腕の傷を……翼のせいでしょって言われて、キレちゃったっていうか……」
「……」
　翼はきっと、あたしの腕の傷のことは思い出したくないはず。
　それでも。
「小嶋くんに言ったんでしょ、自分のせいだって。何回も言ってるでしょ、こんなのもう痛くないし、翼のせいじゃない」
「……俺のせいだよ」
「違うってば！」
「違わない」
「なんでそんなこと言うの!?」
「俺がこのはのこと好きだから。だから、それは俺のせいなんだよ」
　……頭が追いつかない。
　なんて言った？
　このはのこと好き。そう、聞こえた。
「中学の時、本田に告られて、断った。その時に、理由くらい教えろって言われて」
　あたしの静かな動揺には気がつかないのか、翼はそのまま続ける。
「このはのことが好きだから、誰とも付き合えないって言っ

たんだ。そうすれば諦めてくれるかと思って。……なのに」
　パンクしそうな頭で、思い出を引っ張りだす。
　本田さんは、あの時……。
『あんたがいるから、翼くんが！　消えてよ！』
　だから、あたしを狙ったんだ。
「あんなこと言ったから、……あれは俺のせいだ」
　目の前で翼が後悔している。
　違うよ、それでもやっぱり、翼のせいなんかじゃない。
　今すぐ否定したいのに。
　あたしはずっと、別のことで頭がいっぱいで、……顔が熱い。
　そんなこと、はじめて聞いたから。あたしを好きでいてくれたなんて、知らなかったから。
「翼……」
「あれ？　お前熱あるんじゃ……」
「翼は、あたしのことが好きだったの？」
　熱の有無を測るためか、額に伸ばしてきた手の平を翼がぴたっと止めた。
「気づいてただろ」
「わかんないよ、知らない！　だって、あたしと幼なじみは嫌だって言ったから……！」
　嫌われてると思ってた。あれから、ずっと避けられていたから。
「好きな女と、ずっとただの幼なじみなんか嫌だろ、普通」
「そ、そう言ってよ……！」

「言おうとしたんだよ。そしたら……」

 あたしたちの頭の中には、きっと同じ光景が再生されている。カッターを握りしめて向かってくる、ひとりの女の子。

 あの日、翼があたしに言いたかったことは、決別なんかじゃなくて……。

「翼は……、女子に好かれるのが嫌なんでしょ？　好きになったら嫌うんでしょ？　だから……」

 だから、きっとあたしも、って……。

「嫌いだよ」

 ほら。あたしは、翼を好きな女子のひとりだから……。

「俺を好きな奴は、お前を傷つけるから」

 翼は、そっとあたしの頬に触れた。そこは、少し前に嫉妬に駆られた女子に殴られたところ。

「一緒にいるだけで、お前に嫌がらせされる。"ただの幼なじみ"は、このはのそばにいる理由にならない」

 女嫌いは、あたしのため？

 学校で話しかけるなって言ったのも、一緒に登校したがらなかったのも、今までのも全部……。

「だから、早く俺を好きになれ」

 触れている手の平から、甘いバニラの香りがする。

 視界がゆれて、ふわふわする。

 夢と現実の境界線はどこ？

 こんな幸せなことが、現実のはずないのに。

「好きだよ、もう……とっくに……、バカ」

じわっと涙がにじむ。
「あたしは、ずっと翼しか好きじゃない……！」
　頬を伝う涙が温かい。
　ここは、本当に現実なのかもしれない。
　翼は、あたしの涙を指先で優しくすくい取ると、瞳を覗きこんだ。
「好きって、どんな意味で？」
「わかってるくせに……」
「いや、わかんね。前に、ずっと友達だと思ってるとか言っただろ」
　嘘だ。あたしを見る瞳は、確信犯のそれのくせに。
　頬を包む翼の手の上から、あたしも手を添える。
「あたしの"好き"は……、翼と、キスとかもっと……そういうことしたい……"好き"」
　あれ……。
　言ってから気づく。あたし、ものすごいことを言ったような……。
　翼の指がピクッと動くのを、頬で感じ取る。
　顔が赤く見えるのは、見間違いじゃない。
「お前は……、いつも斜め上なことばっかり言うな……」
　翼が目を逸らして、悔しそうにつぶやく。
　照れてる。なんか……可愛い。
　それがうれしくて、あたしは自然と口角を上げた。
　翼は、こんな時にそんな顔をするんだね。
　昔から知っていても、はじめて知ることがある。もっと、

いろんな姿を見てみたい。
「あのさ、中学の時にキスしたのはやっぱり翼だよね？」
「……まだ覚えてたのか」
「絶対忘れない。翼でしょ？」
「そうだよ」
　やっと認めた。
「夢でも見てたんだろ」なんて言われたことがあるから、それがうれしい。
「……怒ってんのか」
「当たり前でしょ！　あの時、"ごめん"とかって謝ったよね？　悪いことしてないくせに」
「そっちかよ」
　翼が脱力したように、はぁーと息を深く吐いた。
　そして、聞きたいことはもうひとつ……。
「なんでしたの？　キス」
「好きだからだろ」
「えっ」
　もしかしたらあいまいな言葉でごまかされるかも、なんて考えていたから、即答されたことに、質問したあたし本人が言葉に詰まってしまう。
　やっぱり、今って夢の中なんじゃないの？
「だったら……、その時そのまま告白してよ……」
　照れ隠しのせいで、あたしの口は可愛くない言葉を飛び出させる。
「あの時、そんな余裕なかったんだよ。俺と一緒にいるだ

けでお前が傷つけられるなら、離れた方がマシだと思った」
「それはそれで、言ってほしかった……」
「言って、納得すんのか」
「しないけど」
「ほらな」
　すっかり見透かされていて、悔しい。
「いきなり次の日から冷たくされるくらいなら、ほかの人に何言われても何されても、翼がそばにいる方がよかった」
「お前がそういう奴だから、何も言えなかった」
　……確かに。
　とか納得してしまうことも、悔しい。
「それなら、なんで今になって好きとか言うの？」
　嫌味とか、そんなつもりは全くなくて、純粋にただ気になった。今も、中学の時も、翼を好きな女子の行動に変わりはないのに。
「こないだ殴られたのを見て思った。避けてるだけじゃ守れないって。それなら、ちゃんと近くで守りたいと思ったから」
　翼、言ったよね。ただの幼なじみじゃあ、そばにいる理由にはならないって。
「それに……どんなことがあってもそばにいたいと思ってるのは、お前だけじゃないんだよ。小嶋と……、ほかの男のそばにいるの見るのも、そろそろ限界」
　ただの幼なじみじゃ、誰も納得しないのなら。それなら、幼なじみ以上のあたしなら、翼のそばにいてもいい？

翼は、知らない間にもずっと守ってくれていた。次は、あたしの番でしょ？
「よし、帰るね！」
「は？」
　すくっと迷いなく立ち上がるあたしに、翼は怪訝な表情を向ける。
「お前、空気読めよ。まだ話も終わってねーし」
「うん！」
「何、元気いっぱい返事してんだ」
「あたし、まだ小嶋くんの彼女なの。だから」
　だから、ちゃんとしなきゃ。
　彼女といっても、小嶋くんは付き合ってるフリだと思っている。それでも、あたしは卑怯な形で彼の気持ちを利用したから。
　結局、大事な話もできず、今日もあの場から逃げ出してしまったし。
　だから、ちゃんとする。
　謝って、それからだ。自分のことを考えるのは。
　部屋の扉に向かっている途中で、翼に手を引かれた。眉を寄せて、ムッとしている。
「俺、言わなかったっけ？」
「え？」
「帰さないって」
「あっ……、待っ、翼」
　背中が扉に押し付けられる。両手で囲まれて逃げ場がな

い。
　唇の前に手を出すと、柔らかいものが当たった。
　翼の唇、柔らかい。
　唇で感じるのとは、また少し違って、ドキドキする。
「手、邪魔」
「あの、だから、まだあたしは小嶋くんの」
「……」
　片手をドアからスッと離したから、あたしの言い分が受け入れられたのかと思ったけど、その手はあたしの目を覆って、視界を遮った。
「えっ、なんで——」
　その先の言葉は、奪われた。
　暗い闇の中で、唇に柔らかいものが……。それは、先ほどまで、自分の手の平で感じていた。
　手の平を外されて、戻ってきた視界には至近距離にある翼の顔。
　見えていなかったけど、あれは……。
　唇に指で触れる。
「俺が勝手にしたんだから、彼氏にうしろめたくなる必要ないよな」
　本当だよ。勝手に奪ったくせに、なんでそっちが機嫌悪そうなの。
　わざわざ「彼氏」とか、強調しちゃって。
　ちゃんとするって決めたばかりなのに、ひどいよ。どんどん好きになる。ますます離れがたくなる。

あたしは真っ赤な顔で、翼をにらんだ。
　やられっぱなしは悔しいから。
「……仕返ししていい？」
「どんな？」
　翼の胸元の服を両手でつかんで、背伸びをする。
　もう、こんなに背が高くなっていたんだ。
　先に目を閉じたのが間違いだった。触れたのは、唇の端。
　……外した。
　それが恥ずかしくて、あたしの顔はさらに真っ赤になるけど、翼の顔も負けないくらい赤くなっていたから、……いいってことにしておく。
　恥ずかしすぎて、これ以上そばにいるのは限界で、あたしは急いで扉の外に逃げた。
「じゃあね！　明日学校で！」
　バタン！と閉まる音と、早口でまくしたてた声は、どちらが大きかっただろう。
　扉を背にして廊下にいると、翼の部屋よりはいくらか涼しいように感じた。
　顔が、熱すぎる……。
　あたし、今日だけで何回キスされたの？
　右手から順に、指折り数える。左手に移った時点で、なんだかもうたまらなくなって、両手をぎゅっと握った。
　そばにいるのは限界だと思っていたのに、もっと一緒にいたいような……変な気持ち。
　ううん、ダメ。翼のそばにいることの心地よさに、甘え

ちゃいけない。まだ……。
　今度こそ帰ろうと決心して、階段に向かうと、扉が勢いよく開いた。
「このは！」
「えっ……」
「まだいた」
「うん、帰るね……」
「送る」
　送るって言ったって、うちはすぐ隣。瞬きを２回くらいすれば着いてしまう距離。
　……でも。
「ありがとう。……送ってほしい」
　あたしは、翼の指先を握った。

　裏口から入ったあたしたちだったけど、帰りはお店を通ることにした。
　お客さんいるのかな。翼ママは、きっとレジにいるよね。
　階段を下りきって、あたしは握った翼の指を離すけど、すぐにぎゅっと手を握り返された。
「え、ちょっと、あの……」
　このままだと翼ママに見られると思って焦るのに、翼は平然としている。
「いいから」
　と、あたしの動揺なんて打ち消すように、手を引いた。
「ありがとうございました〜」

家の中からお店に出ると、ちょうどお客さんを見送る翼ママの声が聞こえた。
　今の人を境に、客足は途絶えたらしい。
「あら、翼いたの？　このはちゃんも。いつ帰ってたの？」
　存在を気づかれて、胸の音がドキッと過剰反応する。
　て、手……が。
「さっき。またちょっと出てくるから」
「お、おじゃましてました……」
　ふたりで一緒に翼ママの横を通ると、繋いだ手はすぐに気づかれた。
「やだ、手繋いじゃって。仲いいわね～」
　言われると思ったけど！
　翼ママが思っているのはきっと、子ども時代の延長線上のようなもの。
「本当に、翼は昔からこのはちゃんのことが大好きなんだから」
　からかうように軽く言う翼ママに、翼がくるっと振り向いた。
「そうだよ」
　あたしと翼ママは、多分同じ表情をしているだろう。真っ赤な顔で、目を見開いて。
　この場所で、平常心を保っているのは、翼だけだ。
　翼は、またあたしの手を強く引いて、お店を出た。
　足元が……おぼつかない。
「こ、こら、翼ー！　帰ってきたら話聞かせなさいよー！」

扉が閉まる直前、背中から叫び声が聞こえた。

翼に家まで送ってもらって、自室に入ったあたしはすぐにベッドにうつ伏せで倒れこんだ。
まだドキドキしてる……。
また、ここが本当に現実なのかあやしくなってきた。こんなに体がふわふわしているのに。
今ならなんでもできそうな気になってしまうのは、翼のせい。
枕をぎゅっと胸に抱きしめて、あたしは起き上がった。
……よし。
バッグからスマホを出して、トークアプリを開く。表示させる名前は、"小嶋くん"。
トーク履歴は、彼の『ごめん』で止まっている。
目を閉じて深呼吸をしてから、スマホの画面を指でタップした。
『今日は勝手に帰ってごめんなさい。明日話したいことがあります。』
既読になってからしばらく経って、『わかった』と、ひと言だけ返ってきた。
明日。そう、明日になったら……。

「バニラ味」

翌日になり、あたしはいつもよりも気合を入れて、家を出た。
「いってきます！」
ママに元気にあいさつもして、すぐに隣の家を見た。
もう行っちゃったかな……。一緒に学校行こうなんて約束をしたわけじゃないから、それでもしょうがないんだけど。
ちょっとだけ……、待っててみようかな。……とか。
そんなことを考えて立ち止まっていると、隣の正面玄関が開いた。
——ガチャッ、リンリーン。
いつものベルの音も、今日は違って聞こえる。違うのは、あたしのこの気持ちのせい。
「いってきます」
低くて、少しの甘さを感じるその声に、自然と背筋がぴしっと伸びた。
「お、おはよう、翼！」
無駄に大きな声であいさつをすると、優しく唇の端を上げた翼は、ただひと言。
「ああ」
どんな話をしても、どんな関係になっても、翼の朝のセリフは変わらない。それが、うれしい。
「一緒に学校行ってもいい？」
「いいよ」
「いいの!?」

今までが今までだから、断られる予感が８割を占めていたのに。
「いいよ。お前が大丈夫なら」
　きっと、学校が近づくにつれて校内の生徒はまわりに増えてくる。
　翼を好きな子たちに、何か言われるかもしれない。それが、怖くないわけじゃない。……それでも。
「あたしはいつでも大丈夫だったんだよ」
　久しぶり。ちゃんと隣同士で、ふたりで歩くのは。
　歩くのが遅いあたしにも、何も言わずに合わせてくれる。
「今日ね、小嶋くんに話したいって言ったの。昨日は、逃げちゃったから……」
「ふーん、どこで」
「あ、決めてない」
「バーカ」
　こういう物言いは、全然変わってくれていいのに。
　頬をふくらませて隣を見上げるけど、横顔がすごく近くにあることに見入ってしまって、用意していた言葉をなくした。
　あたし、翼の隣にいるんだ……。
　それは、当たり前じゃない。すごいことだったんだ。
　まわりに、同じ制服の高校生が増えてきた。
　友達同士の他愛ない雑談が、あたしたちのことを噂しているように聞こえてしまう。
　そんなはずない。っていうか、もしそうだとしても、全

然。うん。
　ちょっとだけ、体は強ばるけど。
「あ、翼くんだ」
「一緒にいるの誰？」
　遠くから聞こえた噂話に、反射的にその方向を見てしまう。
「今日もかっこいいよね～」
「こないださぁ、こっそり写メろうとしたんだけど、失敗して」
　それ、犯罪だよ……。
　隣の翼を見ると、先ほどよりも険しい顔をしているような……。
　いつもこんな感じなんだろうな。
　モテるのって、大変そう。
「あ、芦沢くん」
「やば、朝から見られるとかツイてる」
　また違う女子たちの声が聞こえる。
「てか、隣の……」
「うわ、誰あれ。あ、たしか幼なじみだよ」
「そうじゃなくて、昨日ユリからグループの方でメール回ってきたじゃん」
「えっ！　昨日の、あの子!?　嘘！」
　昨日？　そんな単語が聞こえて、つい見てしまう。
　昨日って……。
「おっはよー！　このはー！」

「わあ!?」
　ドンッと衝撃があったと思ったら、仁奈がうしろから腕を回して抱きついていた。
「芦沢くんもおはよう」
「おはよう」
　仁奈には、ちゃんとあいさつするんだ。あたしも、たまには「おはよう」って聞いてみたいな……。なんて。
「このは、あたしも一緒に行っていい?」
「うん、もちろん」
　できれば、背中からは下りてほしいけども。
「えー、いいのー?　邪魔じゃない?」
　ニヤニヤと笑いながら、仁奈はあたしの頬を指先でグリグリ押してくる。
　爪が痛い。
　冗談で言ったのだろうけど、まともに昨日の記憶を呼び起こしてしまったあたしは、顔を真っ赤にさせてしまったわけで。
「え、マジ?　ほんとに邪魔者?　あたし」
「そ、そんなことない!　いてほしい……」
　自分から一緒に登校したがったくせに、いざそうなると何を話したらいいのか戸惑うあたしがいた。
「ちょっと、このは。あとでしっかり話聞くからね」
　翼には聞こえないように、仁奈が耳元でこそこそ話。
「うん、きちんとしてから、話すね」
「うん?　わかった」

「ありがとう、仁奈」
「なんでお礼とか言ってんの？　ウケる」
　仁奈は、本当にうれしそうに笑って、あたしの体から手を離した。
「やっぱりあれ、あの子じゃん？」
「えー、やだー！」
　忘れかけていた、まわりの噂する声がまた戻ってくる。
　なんだか、さっきから、あたしと翼を見て言われているような気が……。仁奈だって一緒にいるのに。
　変な感じがする。なんていうか、これは……嫌な胸騒ぎ。

　学校に着いて、上履きに履き替えるとすぐに、担任の男の先生に出会った。
「お、ちょうどよかった。3人のうち、誰かプリント運んでってくれないか？　ホームルームで使うんだけど」
「俺行きます」
「助かるよ、芦沢」
　名乗りを上げたのは、翼。
　プリントって、どれだけあるんだろう。重いのかな？
　それなら……。
「あたしも手伝おうか？」
「いいよ、先に教室行ってろ」
「！」
　ニコッと笑って、翼はあたしの頭をポンッとひとつ撫で

た。
「プリントってどこですか?」
「職員室の、俺の机。一緒に来てもらっていいか」
「はい」
　翼と先生は、そんな会話をしながら背中を向けた。
　び、びっくりした……。人前で、頭を……。
　ぷるぷる震える手で、自分の頭を触る。
　心なしか、ここだけちょっと温かいような……。
「こーらー!　もー、このは!　何があったの!?　絶対あったよね!?　どういうこと!?　仁奈ちゃんには一番に話しなさーい!」
「わわっ、苦しい」
　仁奈が、首にうしろから腕を回して、締め上げてくる。
　昇降口を通る生徒たちが、あたしたちを見てから過ぎていく。
「芦沢くんって笑うんだね?　笑顔めっちゃイケメンじゃん!　あー、あたしだって彼氏欲しいよー!」
「ちょ、仁奈、痛いって」
　ふたりでふざけていたら、ドンッと誰かの肩とぶつかった。姿を確認してみると、クラスメイトの女子。
「あっ、ごめんなさい!」
　慌てて謝るけど、ギロッと顔をにらまれた。
　仁奈とふたりで、萎縮してしまって、身を引く。
　彼女は、そのままあたしたちを無視して行ってしまった。
「もー、何あれ。ちゃんとごめんって言ったのにさ。ね」

「うん……」
　仁奈に相づちを求められ、力なくうなずく。
　もしかして、見られてたのかな。翼に頭を撫でられていたところとか、今の仁奈との会話とかも。
　……ううん。もし、そうだとしても、平気。
　もう隠れるのはやめるって決めた。
　自分で言ったこと。
　誰に何を言われても、されても、翼がそばにいないよりは全然いい。

　あたしたちが教室に入ると、ワッと騒めきが起こったみたいに聞こえた。
　それが、まさかこちらに向けられているなんて少しも考えなかったあたしは、目で小嶋くんを探した。
　もう来てる。
　小嶋くんは自分の席に座って、一度あたしを見てからすぐに目を逸らした。
　胸に手を当てて、ごくんと息を呑みこんだ。
　行かなきゃ。
　足を踏み出して、近づく。
「小嶋く……」
「ねぇ、このは。これどういうこと？」
　小嶋くんに話しかけようとしたあたしは、教室の前にいる女子に呼び止められ、足を止めた。
　彼女が掲げるのは、自分のスマホ。そこに写しだされた

のは……。
「それ……！」
　胸がどくんと大きく騒ぐ。
　昨日の、あたしと翼。駅前で抱きしめられているところだった。
　日曜日だから、利用者はたくさんいた。学校に近い駅だから、校内の人もきっといたのだと思う。
　まさか、見られていたなんて。
　小嶋くんを見ると、目を見開いて驚いているように見える。
　教室中に、注目されている。
「あんたさぁ、小嶋くんと付き合ってんだよねぇ？　芦沢くんとはただの幼なじみって言ってなかった？　それで何、これ」
「二股してんの？　よりによって、友達同士のふたりを」
「最低。しかも芦沢くんと！」
　女子たちに口々に責め立てられて、あたしは真っ青になって、うまく声を出すことができない。
　言わなきゃ、「違う」って。言わなきゃ。……なのに。
「あんたレベルのブスが調子に乗んなよ！」
『あんたがいるから、翼くんが！　消えてよ！』
　ダメ、今思い出すな……！
　逃げない。逃げたくない！　今度こそ。
「あたしは——！」
「内海は悪くないよ」

目を閉じて、想いを叫ぼうとした時。ガタンッと椅子を引く音が聞こえて、目を開けると小嶋くんが席を立っていた。
「俺たち、本当は付き合ってなかったし」
　……え？
　自然とまぶたが大きく開いて、視界が広がった。
　目が合った先の小嶋くんは、笑っていた。
「は？　何、付き合ってなかったとか……。意味わかんないんだけど！」
「小嶋くんが言ったんでしょ、このはの彼氏だって！」
　小嶋くんのひと言だけでは納得はできなかったらしく、女子は集団になって噛みついてくる。
「だから、お前らみたいのがいるからじゃん。内海と翼が付き合ってるって言ったって、どうせ叩くし邪魔する気なんだろ？　好き合ってんのに、そんなんかわいそうだから、内海が目の敵にされないように、とりあえず俺と付き合ってるってことにしてただけ」
　小嶋くん、どうして……。
「そ、そんなこと……！」
「したじゃん。こないだ、皆の前で殴ってなかったっけ？」
「っ……！　わ、私じゃないし……」
「似たようなもんだろ」
　それでも応戦してくる女子に、小嶋くんは冷静にたたみかける。
「翼のこと好きなのはいいけどさ、まわりも見た方がいい

んじゃない？」
　小嶋くんにバッサリと斬られた女子がまわりを見渡したのに合わせて、あたしも教室をグルッと見る。
　明らかにドン引きしている人や、かわいそうなものを見るような目をしている人。
　今まで黙っていた仁奈が、大きくパチパチと拍手をしだした。
「小嶋くんかっこいーい！　やばーい！」
「ちょっと、仁奈！　あんただって芦沢くんのこと好きだって……」
「え、言ってないけど」
「はぁ!?」
　怒鳴っている相手に対してしれっと答えてしまう辺りが、とても仁奈らしい。うらやましい……。
　あたしは、ふたりに助けられているだけ。ちゃんと、自分の口から話さなきゃ。伝えなきゃ。
「嘘ついてて、ごめん。あたしも、翼のことが好きなの。……ずっと前から」
　教室中の注目の的になっていることや、あたしに直接言われたことでカッとなったのか、彼女は大きく手を振り上げた。
　あ、殴られる。一瞬のうちにそう思ったけど、避ける気はなかった。
　こんなの、翼に無視され続けたことに比べたら、痛くない。

こんなことくらいで、気が晴れるのなら。翼を好きな気持ちなら、あたしだってよくわかるから。
　真っ赤に怒る顔が、悲しみを瞳に宿している。
　近づいてくる手の平の前に、バサバサと何枚もの白い紙が舞った。
　目の前に大きな背中が現れて、それ以外見えなくなる。
　そこからは、一瞬だった。
　パンッ！と乾いた音は鳴り響くのに、少しも痛くない。
「あ……、芦沢くん……」
　大きな背中の向こう側から、震える声が聞こえた。
　甘い香りがする。大好きな、バニラ。
「翼……？」
　宙を舞っていたたくさんの白い紙が、次々と床に落ちていく。これは先ほど、先生に運ぶのを頼まれたプリント。翼が……。
「っ……、翼！　翼、大丈夫!?」
　やっと理解した。翼が、あたしをかばってくれたんだ。
「翼！　痛い!?　痛くない!?　保健室……っ、あたし絆創膏持ってない……、湿布？　な、何か貼る!?」
　パニックになってしまって、翼の顔をつかんで無理矢理自分の方を向かせる。
「てか、うるさい」
「心配してるのに、ひどい……」
　涙でにじんで、蜃気楼みたいに見える視界の中で、翼がハァーと大きく息を吐いた。

「今度こそ守れた……」
　腕を強く引かれ、その場できつく抱きしめられた。
　きゃーっ！　と、黄色い歓声が飛び交う。
　ここで、あたしも腕を回していいのか戸惑って、結局少しだけ翼の制服をつかむことで落ち着いた。
「無茶しないで、翼……」
「お前が言うな」
　返す言葉もない。
　翼はあたしの体を離して、殴った張本人をまっすぐに目でとらえた。
　彼女は、自分の右手の平を見て青くなっている。
「ご、ごめんなさい……、わたし……」
「こいつに手出ししたら、許さないから」
「あ、あの……」
　さっきまではあんなに威勢がよかったのに、結局はやっぱり彼女も女の子。翼ににらまれて、すっかり萎縮してしまっている。
　でも、こんな言い方じゃ、ただ傷つけるだけで……。
　ハラハラしながら、何を言うか少しも考えていない状態であたしが口を開くと、翼は頭を下げた。
「ごめん。気持ちはうれしいけど、こいつは傷つけないでほしい。こいつ、昔から俺のせいで嫌な目にばっかりあってるから」
　翼が謝った……。
　失礼ながら、すごく驚いた。

あんなに女嫌いだったのに、その相手に謝るなんて……。
　教室中も、またざわざわしはじめる。
「う、ううん、私たちこそ、本当にごめんなさい……。このはも……」
　急にしおらしくなって謝られて、あたしは面食らう。
　っていうか、また翼、「俺のせい」とか言った。
　思いっきり否定してやりたいけど、この場を収めるにはそうじゃなくて。
「謝ってくれて、ありがとう。あたしは大丈夫」
　またそんな展開になっても、受けて立つし。そんな言葉を隠して、笑った。

「昨日はごめんなさい！」
　朝のホームルームが終わり、あたしは小嶋くんとふたりで１階の階段下に来ていた。
　顔の前でパンッと両手を合わせ、昨日の遊園地でのことを謝った。
「今日も、助けてくれてありがとう。付き合ってるフリなんて言って……」
「だって本当のことだったじゃん。俺たち、やっぱりちゃんと付き合ってたわけじゃなかったんだよ」
「小嶋くん……」
「昨日のことも、謝らなきゃいけないのは俺の方だよ。何も知らないくせに、一方的に翼のせいにして。内海が泣いてるの見て、すげー後悔した。ごめん」

こんなふうに悲しそうな表情を見ると、昨日途中で帰ってしまったことを、申し訳なく思う。朝、あたしが待ち合わせ場所に来たことに、すごく喜んでくれたから。
　ふたりで遊びたがっていたように見えたんだけど、なんであんな嘘をついたんだろう。
「小嶋くん、昨日、翼に遊園地のこと話したって嘘ついたよね？　あれって、なんでだったの？」
「そっか、それもごめん」
　謝罪が聞きたいわけじゃない。理由が知りたい。
　小嶋くんは首のうしろを手で掻きながら、気まずそうにあたしの目をチラッと見た。
「ちょっとだけ……、賭けてみたくなって」
「賭け？」
「昨日は、内海も楽しんでくれてるみたいに見えたからさ、もしかしたら少しくらい俺のこと好きになってないかな、とか……。わざと翼のこと話して、なんとも思ってないようなら俺にもチャンスがあるんじゃないかって思ったんだ」
　そんな事情を話されて、胸が痛くなる。
　昨日のあたしと言えば、しきりにスマホを気にしたり、何度もまわりをキョロキョロしてしまったり、その上小嶋くんの話を聞き逃したり……。重ね重ね、申し訳ないことばかりを……。
「でも、昨日の様子見て、よくわかった。よそ見ばっかりしてるから」

「ご、ごめんなさい……」
「謝ることないよ、内海は悪いことしてないんだし」
　とは言われても。
　気まずそうに眉を歪めていた小嶋くんは、すっかり笑顔になっていた。
「翼のこと探してる内海がさ、すげー悔しいけどめちゃくちゃ可愛かったんだよな。結局さ、俺が好きになったのって、翼のことをずっと見てる内海なんだよ」
　また「ごめんなさい」が口から出そうになったけど、これは違う。小嶋くんは、こんな言葉はきっと欲しくない。
「ありがとう、好きになってくれて」
　目を見て笑うと、小嶋くんもつられるように笑ってくれた。まだ少し、無理しているようにも見えたけれど。
「あー、さっきもまた守れなかったな。俺の方が近くにいたのに、全部翼に取られた。てかさ、こないだも思ったんだけど、ああいうのはちゃんと避けた方がいいって。殴られたら痛いでしょ」
「うーん……、うん。痛いんだけどね、殴られるくらいであの子の気が済んで、あたしが翼のそばにいても許されるなら、それでいいかと思って」
「何その男前な理由」
　小嶋くんは、呆れたように笑った。今日、一番楽しそうな笑顔で。
　よかった……。
「小嶋くん、あのね、昨日は逃げるみたいに帰っちゃって

……。前にアイスおごってもらったお礼になってなかったよね。だからお詫びというか……、なんかしたいんだけど」
「別にいいのに。ちゃんと来てくれたし。案外真面目だね」
　案外って。あたしはどう思われていたのか。
　……聞かないでおこう。
「何かある？　あたしにできること」
「んー……」
　小嶋くんは何かを考えるように、天井を見上げた。
　自分で言ったくせに、いろんなことを想定して、密かにドキドキする。
「あ、じゃあさ、俺にもアイスおごってくれる？」
「え……、そんなのでいいの？」
　完全に予想外で、呆気にとられた。
「内海おすすめのバニラがいいな。翼とも一緒に行こう」
「……うん！」
　その気遣いがうれしくて、あたしは笑ってうなずいた。
　そして、校内にチャイムが鳴り響いた。
「あ、１時間目始まっちゃうね。戻ろっか」
　声をかけて、踵を返すと、小嶋くんは困ったように笑った。
「先行ってて。俺、ちょっと遅刻していくから」
「でも……。授業、いいの？」
「うん。ほら、ふたりで一緒に戻ったりしたら、変な誤解されそうだしさ。せっかく、俺たちが付き合ってなかったって言ったばかりなのに」

「それなら、あたしが遅刻していくよ」
「いいから、いいから」
　小嶋くんはそう言って小さく手を振ったあと、うつむいた。
「……頼むから」
　口元は笑っているようだったけど、うつむいたせいで目は見ることができなかった。
　そうだ。バカ、あたし……。
　また「ごめんなさい」を言いそうになって、ぐっと口を結ぶ。
「……わかった。先に戻ってるね」
　これ以上、傷つけちゃいけない。
　だから、気づかないフリをしなきゃ。本当は無理して笑って、あたしに気を使わせないようにしてくれたことを。
「小嶋くん、本当にありがとう……」
「うん」
　最後まで笑ってくれたのは、小嶋くんの優しさ。
　あたしは振り向かないように、その場から去ることにした。

　その日、休み時間の度にあたしはクラスメイトからずっと質問攻めで、やっと落ち着けた頃には放課後になっていた。
　誰もいなくなった教室で、翼を待っている。
「はぁあ……」

窓を開けて、外に向かってため息。
　暑くこもった空気も、この時間になれば少しは和らぐ。
　皆にもっといっぱい悪口を言われることを覚悟していたのに、案外大丈夫だったな……。
　以前教室で殴られた時に、仁奈が何か言ったって聞いたし、それのおかげかな。今日、小嶋くんが、付き合ってるフリをしていた理由をビシッと言ってくれたからかな。それとも、翼が皆の前で……。
　……うん。多分、全部。
　窓枠に腕を乗せてクッション代わりにし、その上に頭を乗せた。景色が全て横になる。
　もう1年も経つんだ。
　あの頃は、なんで翼に無視されるのかわからなくて、ただ悲しかった。そして、腕の傷を隠した。
　でも、今は。
「このは、悪い。遅くなった」
　教室の扉がガラッと開いて、あたしを呼ぶ声に顔を上げた。
「翼」
　今日からまた一緒に帰れる。いつかのように、ふたりで。
　窓を閉めて、翼のそばに駆け寄る。
「終わった？　先生の用事」
「終わった。なんかお前、いきなり元気になったよな」
「？」
「さっきまでは、人に囲まれて困ってて、たまに小嶋のこ

と見てため息ついてた」
「なんでそんなの見てるの……」
　恥ずかしい。
　これから、翼がいる場所では、気が抜けないな……。
「で。なんで小嶋のこと見てたって？」
「いたっ」
　バン！　と叩くように、大きな手の平が頭に落ちてきた。そして、ものすごく乱暴に撫ではじめた。
　頭がグラグラゆれる。
　やきもちかな。それとも、一応可愛がってくれてるのかな。うれしいから、どっちでもいいけど。
「小嶋くんに、悪いことしたなって思ってた。最初から、付き合ってるフリなんて、頼むべきじゃなかった。すごくつらい顔させて……」
「なんだ、そんなことか」
　そんなこととはなんだ。
　翼が、めんどくさそうに息をついた。
「お前が気にすることでもないだろ。本人の問題だし」
「それ、冷たくない？　翼の友達なのに……」
「いいんだよ。多分、お前が気にしてる方が、小嶋は嫌がる」
「そうかな……」
　そんなものなのかな。
　女のあたしにはわからない、男の人の考え方があるのかもしれない。
　翼は、力強く撫でていた手の動きを止めて、乱れたあた

しの髪型をその手で整えはじめた。
「小嶋も、なんでよりによってお前のこととか好きになったんだろうな」
「よりによってとか言った？」
「いい意味で」
　よりによってに、いい意味とかあるの？
　腑に落ちないところはあるけれど、髪の毛が柔らかくツンツン引っ張られる感じとか、変にムズムズしてそれが愛しくて、「まぁ、いっか」ってなってしまう。
「あたしがいつも翼のこと見てたからなんだって。小嶋くんって、よく翼のそばにいたでしょ？　それで、気になってたんだって聞いたことあるよ」
　髪の毛を触る手が、ピタッと止まる。
　もう、撫でてくれないのかな……。
　なんで今のタイミングで。
　……。
　あれ、あたし、なんて言った？
　かぁーっと顔が熱くなって、うろたえる。
「わ、あの、えっと、今のはそうじゃなくて」
　何か、別の話！
「……あ！　昨日！　どうだった!?」
　無駄に声量を大きくして、ごまかすために話を変えた。
「昨日？」
「昨日、手繋いでたら、翼のママに言われたでしょ。あとで話聞かせろって。何か言われた？」

「ああ……」
　うん、うまく話を逸らせた気がする。
「このはと付き合ってんのかって聞かれたから、違うって言っておいた」
「…………、そう……」
　あんなに一気に上がった熱が、急激に冷えていくのを感じる。
　確かに、付き合ってないけど。翼ママに「昔からこのはちゃんのこと好きね」とか言われても否定しなかったくせに。
「俺は、好きだけど」
　いじけかけて、うつむき加減になっていた頭を、バッと上げる。
「……………………え？」
　ためにためて、それでも信じられなくて、つい聞き返す。
　今、なんて？
「俺は好きだけど。って言った。母さんに」
「母さ……、え？　誰を？　ママを？　……いたたたっ！」
　無言で頬をぎゅーっと引っ張られて、痛さで思いっきり目が覚めた。
　どうやら、夢ではないらしい。
「あたしを好きだって言ったの？」
「ほかに誰がいるんだよ」
「あたししかいないのかな……」

「そうだろ」
「そうなんだ……」
　翼が好きなのは、あたししかいないんだ。そっか……。
　ああ、もうダメ。
　翼の服をつかんで、胸に顔を寄せる。
　あ、今、ドキッて跳ねた。
「あたしね、翼に嘘ついてたことがある」
「何？」
　幼なじみじゃなくても、友達じゃなくても、そばにいられるのなら、それはきっとこういうこと。
「ずっと友達だと思ってるって、あれ……無理みたい」
「俺は、最初から無理だったけど」
「それはそれで、ひどい」
　以前のあたしなら、その言葉の意味を誤解していただろうけど、今ならわかる。速い胸の音が、伝えてくれる。
　翼の顔を見上げる。視線が重なって、あたしは笑った。
「好きだよ、翼。ずっと好き。これって、翼の気持ちと同じだよね？」
　翼も笑う。
　昔と同じ、変わらない優しい笑顔。
「うん、同じ」
　どちらが先だったか。ぎゅうっとお互いを抱きしめる。
　すごい。翼がここにいて、あたしを好きだって言ってる。
　すごい。大好きな人と、両想い……。
　そっと体を離して、また近づく。

キスの寸前で、翼が「あ」と漏らした。
「え？」
　すぐにあたしから離れて、自分の机に移動する。
　キスをされると思ったのは、あたしだけ？
　取り残されて、ポカーンとする。
　だって、あの甘い空気だったら、普通期待するし……！
　勘違いだったのかな。恥ずかしい……。
　そんなあたしの気持ちも知らず、翼は自分の鞄をゴソゴソと探って、何かを取り出した。
「忘れるとこだった。ほら、お前が好きなやつ」
　差し出されたのは、透明なラッピング袋に入ったクッキー。
　……バニラ？
「うん、好き……」
　でも、なぜこのタイミングで。
　あたしにあげようと思って、持ってきてくれたんだ。それは、……うれしいけども。
「食べていい？」
「いいけど」
　封をしてある殺風景なテープをはがして、クッキーを1枚。
　やっぱり、なんか不格好。ボコボコしてる。
　口に入れると、ふわりと甘いバニラの香り。
「おいしーい」
「よかったな」

「形は悪いけど、クッキー作るのうまいね、翼」
「……は?」
　なんだ、バレてないと思ってたんだ。
　勝った。そう思い、ニッと笑う。
「翼が作ってるんだよね?　あたしのために。ありがとう」
「……」
　翼は、唇をへの字にして微妙な表情をしている。
「今度また一緒に作ろうよ、昔みたいに。あたしの方が、翼よりも綺麗な形にできると思うよ」
　自分が主導権を握れた気がして、うれしくて調子に乗っていると、腕をぐいっと引かれて、体がよろめいた。
「っわ……!」
　顔が近づいて、息が止まる。
　全身の血が唇に集まっているような熱さに、体が動かなくなった。
　両手じゃ足りないその回数を、また数え忘れた。
　お互いの顔に距離ができても、まだ動かないでいるあたしを見て、翼は笑って言った。
「バニラ味」
　無意識に力を入れすぎて、手に持った食べかけのクッキーがパキッと割れた。
「な、なんで今なの!?」
　もっとさぁ、違うタイミングあったじゃん!
　ぷるぷる震えるあたしを見て、翼は楽しそうにべーっと舌を出した。

バニラの香りと、苦い君。
この幼なじみとの恋は、甘いだけじゃ始まらないらしい。

エピローグ

あれから数日後。今日は、夏休み3日目の登校日。
　普段の授業よりも朝は遅いけど、休みの日なのに学校に行かなきゃいけないとか、やっぱり腑に落ちない。
「いってきまーす！」
　ママに元気よくあいさつをして、家を出た。
　あいさつはしたものの、あたしはすぐに歩きださず、隣の家の前でじっと待つ。
「いってきます」
「はーい、いってらっしゃい。帰ったらお手伝いよろしくねーっ」
　――ガチャッ、リンリーン。
　ドアを開ける音と、ベルの音。
　翼と翼ママのやり取りが聞こえて、あたしは笑った。
「おはよう、翼！」
「ああ」
　相変わらず、この素っ気ないあいさつを変える気はないらしい。
「夏期講習って、何やるんだろうね」
「勉強だろ」
「……」
　そんなことはわかっている。
　少しくらい、会話を続ける努力をしてほしい。
　あたしは、翼となんでもいいから話をしたいだけなのに。
　付き合いはじめだというのに、なんというか……甘い空気みたいなものが足りなすぎるような。

むっとしているあたしの横顔を見て、翼が笑った。
「何？　今笑った？」
「いや」
「！」
　さり気なく手を握られ、びっくりしてその場でぴょんと飛び上がりそうになった。
　……甘くないわけでも……ないのかも。
「そういや、今日からだろ。うちに来るの」
「うん！　翼の家でバイト！　今日はなんのケーキがもらえるかな〜。楽しみ！」
「始まる前から、終わったあとのこと考えてんなよ」
　あたしはまた今日から、隣のケーキ屋さんで手伝いをすることになった。
　一応バイトだってことにはなっているけど、前から当たり前のように手伝っていたから、お仕事だって意識があまりない。戦力として頼られたからには、もちろんがんばるけど。
「母さんが、このはの分のエプロン、新調しようかって言ってたけど。中学から使ってるからそろそろって」
「えっ、本当？　でも、わざわざ悪いよ……。前のも気に入ってるしさ。どんなのかな」
「ひらひらしたフリルっぽいやつ。パッと見ワンピースみたいな。ほら」
「うわ……」
　スマホで写メった画面を目の前に掲げられた。

やばい。めちゃめちゃ可愛いやつだ……。アリスが着てるのって、そういうんじゃないんでしたっけ。
「うわ。って、お前なぁ」
「あっ、ごめんー！　だって予想以上に可愛いから……。服に着られてる感じになりそうだよ……」
「本人に意見聞いてからにしたいって言ってたからまだ注文してないし、嫌なら別にいいけど」
　フリルのエプロンワンピースは、確かに可愛いんだけど。
　だからこそ、あたしに似合う気がしない。
　せっかくの気持ちを申し訳ないと思う感情と、ちょっと残念に思っている自分もいたり。
「なんだ、あれ着ないのか」
　翼は無表情だけど、どことなく残念そうにも見えた。
「着てほしかった？　可愛い格好したあたし、見たい？」
　なんて、完全にからかうつもりで言ったのに。
「うん」
　まともに返されて、「なんちゃって」の予定だったその先を、続けられなくなってしまった。
　どうしよう。翼が可愛い。
　ものすごく抱きつきたい。
　ぎゅーってしたいけど、そのためには手を離さないと。
　……それは嫌だ。
　っていうか、ここは外。
　ウズウズする。
「……やっぱり、新しいエプロンでお店に出てみようかな」

もっと喜ぶ顔が見れるのかな、なんて思っていたら。
「別にいい、店で着なくて」
　冷たい言葉が返ってきて、言葉を失った。
　見たいんじゃなかったのか、可愛い格好したあたしを。
「俺の前でだけ、可愛くしてれば」
　下げたと思ったら、すぐに上げる。
　あたしばっかり好きが増えていくみたいで、困る。
「おっはよー！　このはー！」
「わっ!?」
　元気いっぱいなあいさつと共に、仁奈がうしろから抱きついてきた。
「芦沢くんもおはよう！」
「おはよ」
　翼の、普通のあいさつを聞いて、思う。だから、なんであたしには「ああ」しか返してくれないの。
「どうしたの？　仁奈、今日は朝からテンション高いよね」
「えー？　聞きたい？　えいっ！」
　と、仁奈は自分のスマホ画面をあたしの顔の前に掲げた。
　近すぎて、むしろ見えない。寄り目になりそう。
　少し離して見てみると、同年代くらいの男子の写メ。優しそうな爽やかイケメン。
「誰？」
「同中だった友達がね、紹介してくれるんだって！　午後から遊びに行くんだぁ〜っ。あたしにもイケメンの彼氏できちゃうかもよ！　どうする？」

「本当？　よかったね」
「ありがとうっ！　応援してくれてもいいよ！」
「うん」
「あはは、じゃーね、先行く！」
　始終笑顔で、仁奈は楽しそうに、跳ねるように駆けていった。
　本当にうれしいみたい。いい人だといいな。
「翼、聞いた？」
「何を」
「仁奈に彼氏ができるかもなんだって！」
「聞こえた」
「ね！　うまくいくといいね」
「いい子だもんな」
　さらっと発言する翼に驚きつつ、大好きな友達をほめられてうれしい。
「その人と仁奈が付き合うことになったら、ダブルデートとかしてみたいなぁ」
「は？　絶対嫌だ」
「なんで!?」
　完全なる拒絶に、抗議しようとしたけど、
「俺は、このはとふたりだけの方がいい」
　苦くて、ときどき甘いこの幼なじみに、あたしはおとなしく降伏(こうふく)するしかないのだった。

　学校の敷地内に入っても、翼はあたしの手を握ったまま。

一応夏休み中とはいえ、それなりに登校してきている生徒はいる。
「芦沢くんの彼女って、あの子？」
「えー、ショック！　もっと可愛かったら諦めつくのに！」
　最近は減ってきたけれど、遠くからのこんな陰口もまだまだ健在なわけで。
　いいけどね、別に。慣れたといえば、慣れたし。
　付き合いはじめの頃は、本当にひどかった。だいぶ言われた。主に、「イケメンの隣にいるにはバランス悪くない？」的な、あれやこれを。
　武力行使に出る女の子がいないだけ、まだいいと思う。
　あたしは日に日に気にしなくなっているのに、翼だけは違うようで……。
「芦沢くんだったらさ、もっと可愛い子いっぱい……、……きゃっ！」
　遠くの女子が短く悲鳴を上げたことで、翼が彼女たちを不機嫌そうににらんでいることを知る。
「ちょ、ちょっと、翼！　ダメだよ！　怖がるって！」
「怖がれば？」
「じゃない！」
　あたしのためを思ってくれるのはありがたいけど、だからこそそれじゃあ……。
「そんな態度とっちゃうから、あたしに手を出すと翼に目で殺されるとか、変な噂も立っちゃうんだよ」
「なんだよ、それ」

翼が口に手の甲を当てて、フッと笑う。
　いや、確かに、人間業じゃない辺り、ちょっと愉快な噂ではあるけれど。
「困るでしょ、そんなの」
「別に。女子が近づいてこないなら、それでいい」
　翼がそれでよくても、誤解されたままなのはあたしが嫌だ。本当は、優しい人なのに。
「あたしのせいで翼が悪く言われるのはやだ……」
「お前のせいじゃない」
「あたしのせいでしょ」
「俺がいいって言ってんだから、それでいいんだよ。こんなことがお前のせいになるなら、やっぱりその傷痕は俺のせいってことにもなるよな」
「なんでそうなるの！　翼のせいじゃないって言ってるでしょ！」
「こっちも、お前のせいじゃねーって言ってんだろ」
　譲歩しているのか、押し付け合っているのか。
　変な言い争いになってきたところで、うしろからクスクス笑う声が近づいてきた。
「ふたりって正反対っぽいけど、案外似てるよな」
　翼と同時に振り向いてみると、そこにいたのは小嶋くん。
「おはよう、小嶋くん」
「おはよ、内海。ついでに翼」
　あの日から、小嶋くんの顔を見るのは気まずかったりしたけど、最近ではお互いに笑顔であいさつをできるまでに

なった。
　小嶋くんも、普通に接してくれる。それが、どれだけうれしかったか。
　一番怖かったのは、翼と小嶋くんの間に距離ができたらどうしようということだったけど、今でも変わらず仲がよさそうで安心した。
　約束のアイスは、まだ実現していない。その時は、仁奈も誘ってみよう。
「似てないだろ、どこも」
　言われたことに対して、翼が小嶋くんに反論する。
「いやー、結構似たもの同士なんじゃん？　文句言い合ってるわりには、手離そうとしないし。どっちも」
　小嶋くんにそんな指摘をされ、あたしと翼は同時に顔を見合わせて、次に繋いだ手を見た。
　言われたとおりかもしれない。だって今、あたしたち鏡みたいになってた。
　その様子を見て、小嶋くんはさらに笑う。
「ほら、そっくりじゃん」
　そして、優しく見守るような瞳で、あたしを見た。
「やっぱり内海は、翼と一緒にいる時が一番可愛いよ」
　告白をされたわけでもないのに、顔が赤くなってしまうのは、その眼差しがすごくまっすぐだったから。
「ありがとう……、小嶋くん」
「でも、翼が嫌になったら、すぐ俺のとこに来てもいいから」

「おい」
　あたしよりも先に、間髪入れずに口をはさんだのは、翼。
　小嶋くんはさらに笑って、「冗談」と、すぐに背を向けた。
　ふたりで、小嶋くんの背中を見送る。
「いい人だよね、小嶋くん」
「うん」
　そんなふうに、さらりとほめてしまう。翼のそういうところ、すごく好き……かも。
「男は、好きな奴に"いい人"とか言われても、全然うれしくないけどな」
「えっ、そうなの？」
　なんでだろう。ほめ言葉なのに……。
「俺は？」
「翼？」
「いい人？」
　何かを含んでいるような笑みで、翼が何を言わせたいのかがなんとなくわかった。
　なんか悔しいから、わざと本当のことを言ってやろう。
「翼はね、冷たい。すっごい冷たい。優しくて優しくない。たまに強引なのがびっくりする。……嫌いじゃないけど。てか、おはようには、おはようで返すべきだと思うよ。あと……」
　指折り数えて、途中で翼が笑いをこらえているのに気づいた。
「何笑ってんの？　今、悪口言ってるんだからね」

「うん」
「あとね、翼が悪く言われるのは嫌だから、人を目で殺すの禁止」
「してねーよ」
「ほかには……、あたしのこと"そこそこ可愛い"とか、"たまに可愛い"とか言うけど、あれリアルすぎるんだけど。普通に"可愛い"だけ言ってほしい」
「図々しいな」
「ちょっと！」

　ほとんど悪口のはずなのに、翼はずっと笑っている。
　そして。
「あとは？」
　どれだけ言ったって、平気って顔してる。
　悔しいな、本当に。
「あとは……」
　名前を呼ぶ声。あたしだけに見せる笑顔。甘いバニラ。
　……大好き。
「内緒」

「いらっしゃいませ〜」
　午前中のみの夏期講習を終えて、あたしは今、隣の家で店番をしている。
　一緒に帰ってきた翼は、厨房の方で手伝い。
　ひとりだけいるお客さんの目を盗み、自分が付けているエプロンをつまんで見る。中学の時から借りていた、シン

プルだけど可愛いもの。
　頭を過ぎるのは、朝に翼に見せられた肩紐から下の方までフリルたっぷりのエプロン。
　ちょっと……もったいなかったかな。
「すみません、注文いいですか？」
「っ！　はい」
　目の前にお客さんがいて、ハッと現実に戻る。
　ケーキを箱に収めて、レジを打ち、帰りを見送った。
　ふぅ、とひと息つくと、厨房からの扉がガチャッと開いた。
「このは、これ追加分」
「はーい」
　翼に、カゴに入った焼き菓子を渡され、空いていたスペースに置く。
　マドレーヌと、紅茶クッキー。ほかの焼き菓子を見ても、そこにはバニラクッキーだけがない。
「ねぇ、やっぱり翼のクッキーも置いた方がいいと思うな。おいしいから」
「いいんだよ、あれは店には無くても」
「なんで？　形が下手くそなの、自覚してるから？」
　ジロッとにらまれて、あたしは舌をぺろっと出して黙ることにした。
「元々店のメニューにないし、俺はお前がバニラクッキーを好きだから作ってるだけだし」
　今、お客さんいなくてよかった……。こんな顔で、接客

なんてできない。
　熱い頬を冷ましたくて、両手で包む。
　なんでそういうことを、さらっと言うかな。
　翼は、そんなあたしの姿を、上から下まで見た。
「どこか変？」
「いや、そのエプロンもそれなりに可愛いと思って」
　だから、それなりとかって、普通に可愛いって言われるよりもリアルなんですけど。
　それって、何かが足りてないってことだよね。
　それなのにうれしいとか思っちゃってる自分はどうしようもない。
「またそんなビミョーなほめ方する……」
「事実だから」
　ムッとして、あたしはまた自分のエプロンを見た。
　それなりに可愛いのか。そっか。……まぁ、いっか。
　翼に手を握られ、顔を上げる。
　視線がぶつかって、目を閉じた。
　瞬間。
　――ガチャッ、リンリーン。
「！　い、いいい、いらっしゃいませ……！」
　このタイミングでの来客に、動揺しながら慌てて翼から離れる。
　真っ赤になった顔を見合わせ、笑った。

　その夜、9時。あたしは自室の窓を開けた。

「翼！　翼、いる？　起きてる？」
「こんなに早く寝ねーよ」
　隣の家に向かって呼びかけると、すぐに目の前の窓が開いた。
　翼は文句を言いながらも、顔を見せてくれた。
「よかった。ねぇ、そっち行ってもいい？」
　あたしが窓枠に足をかけようとすると、
「バカ、危ねーだろ。やめろ」
　すぐにストップがかけられて、おとなしく元に戻った。
「大丈夫だよ。昔はよくここから移動してたじゃん」
「ダメだ」
「えー、だってさ、翼、前みたいに朝起こしに来ないし。普通に玄関から部屋行き来しようとしても、親に見られてるからなんか恥ずかしいんだもん……」
　以前なら平気でやっていたことも、大きくなるにつれて難しくなってくる。
　お互いの親には、あたしたちの関係を知られているけど。だからこそ、なおさら。
「朝、俺がいなくても、ちゃんと遅刻しないようになったじゃねーか」
「そういうことじゃなくて……」
　こんなに近くにいるのに。しようと思えば簡単に縮まるこの距離がもどかしい。
　もっとずっと離れていたのなら、諦めがつくのに。
　恋を自覚してしまったから、今まで我慢できたことがで

きなくなる。
　しゅんと肩を落としたことに気づいたのか、翼はため息をついた。
「……わかった。俺が行く」
　さすが、翼はあたしの扱いがよくわかっている。
「本当？　でも、危ない……」
「お前と違って、そんなヘマしない」
「あたしだってしないよ」
　優しいと思ったら、しっかりと暴言は忘れない辺りも、翼。
「……行ってもいいけど、部屋に行ったあとの方が危ないって、ちゃんとわかってんのか？」
「え？」
　部屋に、翼が来てからが危ない……。とは。
　翼がこの部屋に来るのは、去年以来になる。
　あたしがケガをして、ベッドで寝ていたらキスを……。
　思い出して、体中の体温が上がる。
　付き合っているふたりが、部屋にふたりきりになったら。
　……それは。
　あたしは窓枠から離れて、両手を広げた。
「翼、こっち来て」
　翼は少し驚いた表情を見せて、すぐに口元に笑みを浮かべた。
　甘い香りが、部屋に舞いこむ。
　ぎゅうっと強く抱きしめ合って、唇を重ねた。

また、ここから始まる。
あたしを包む、大好きなバニラ。

　　　　　　　　　　　　　　　　　END

あとがき

　こんにちは。『無糖バニラ』をお手にとって頂き、ありがとうございます。榊あおいです。
　応援して下さいました皆さまのおかげで、なんとピンクレーベル２冊目です……！　本当にありがとうございます！

　今回の物語は、前作のヒーロー(ゆるキャラな猫系男子)とは全然違うタイプにしたくてクール男子に。そしてもっと甘い話がいいなと思ってはじまりました。
　甘い話にしようと思った割には、今まで書いた榊んちの男子の中で、翼は誰よりも冷たく、しかもほぼ喋らないという。なぜだ。
　たくさんの甘い言葉よりも、１回の苦いキスで気持ちが伝わらない。『無糖バニラ』は、そういう話です。いや、伝わらないんかいっていう。どういう話なんでしょうか、それは。
　私自身、昔から幼なじみものが大好きで、小さな頃からノートによく落書きをしていました。
　隣の家がケーキ屋さんで、そこの息子と幼なじみという設定も、子供の頃の落書きからきています。
　毎日ケーキ食べたかったんだろうなぁ。欲望丸出し感がハンパないです。分かりやすすぎる。

主人公のこのはは鈍感すぎて、翼は口数も少なく、中々ふたりの気持ちが繋がらず、焦れた読者様も多かったのではないでしょうか。
　色々と悩みながらの執筆だったのですが、想像以上に多くの読者様に支えられて物語を完結できたことに感謝しかありません。幸せ……。
　少しでもキュンとして頂けたら嬉しいなぁ。

　今回の物語は夏が舞台となっているのですが、せっかくのケーキ屋さんの話なのにクリスマスをスルーしちゃった！と、完結後に気づいてしまったので(遅)、野いちごのサイト上にはクリスマスの番外編も置いていますので、気になった方は是非とも〜。

　最後に、出版にあたりまして、尽力して下さいました、担当様をはじめとします関係者の皆様。
　前作に引き続き、可愛い綺麗すぎるイラストで本を飾って下さいました、朝吹まり先生。
　そして何よりも、今ここを読んで下さっている読者様に最大級の感謝を。
　本当にありがとうございました。

　また皆様にお会いできますよう、頑張りますので、どうぞよろしくお願い致します。

2017.9.25　榊あおい

この物語はフィクションです。
実在の人物、団体等とは一切関係がありません。

榊あおい先生への
ファンレターのあて先

〒104-0031
東京都中央区京橋1-3-1
八重洲口大栄ビル7F
スターツ出版（株）書籍編集部 気付
榊あおい先生

無糖バニラ ～苦くて甘い幼なじみ～

2017年9月25日　初版第1刷発行

著　者　榊あおい
　　　　©Aoi Sakaki 2017

発行人　松島滋

デザイン　カバー　金子歩未（hive&co.,ltd.）
　　　　　フォーマット　黒門ビリー＆フラミンゴスタジオ

DTP　朝日メディアインターナショナル株式会社

編　集　飯野理美
　　　　蒲谷晶子

発行所　スターツ出版株式会社
　　　　〒104-0031　東京都中央区京橋1-3-1　八重洲口大栄ビル7F
　　　　TEL　販売部03-6202-0386（ご注文等に関するお問い合わせ）
　　　　http://starts-pub.jp/

印刷所　共同印刷株式会社
Printed in Japan

乱丁・落丁などの不良品はお取り替えいたします。上記販売部までお問い合わせください。
本書を無断で複写することは、著作権法により禁じられています。
定価はカバーに記載されています。

ISBN 978-4-8137-0321-1　C0193

ケータイ小説文庫　2017年9月発売

『今宵、君の翼で』Rin・著

兄の事故死がきっかけで、夜の街をさまようようになった美羽は、関東ナンバー1の暴走族phoenixの総長・翼に出会う。翼の態度に反発していた美羽だが、お互いに惹かれていき、ついに結ばれた。ところが、美羽の兄の事故に翼が関係していたことがわかり…。壮絶な愛と悲しい運命の物語。
ISBN978-4-8137-0320-4
定価:本体590円+税

ピンクレーベル

『ぎゅっとしててね?』小粋・著

小悪魔系美少女・芙祐は、彼氏が途切れたことはないけど初恋もまだない女子高生。同級生のモテ男・慶太と付き合い芙祐は初恋を経験するけど、芙祐に思いを寄せるイケメン・弥生の存在が気になりはじめ…。人気作品『キミと生きた証』の作家が送る、究極の胸キュンラブストーリー!
ISBN978-4-8137-0303-7
定価:本体600円+税

ピンクレーベル

『恋結び』ゆいっと・著

高1の美桜はある事情から、血の繋がらない兄弟と一緒に暮らしている。遊び人だけど情に厚い理人と、不器用ながらも優しい翔平。美桜は翔平に恋心を抱いているが、気持ちを押し殺していた。やがて、3人を守るために隠されていた哀しい真実が、彼らを引き裂いていく。切なすぎる片想いに涙!
ISBN978-4-8137-0323-5
定価:本体590円+税

ブルーレーベル

『叫びたいのは、大好きな君への想いだけ。』晴虹・著

転校生の冬樹は、話すことができない優夜にひとめぼれする。彼女は、双子の妹・優花の自殺未遂をきっかけに、声が出なくなってしまっていた。冬樹はそんな優夜の声を取り戻そうとする。ある日、優花が転校してきて冬樹に近づいてきた。優夜はそれを見て、絶望して自ら命を断とうとするが…。
ISBN978-4-8137-0322-8
定価:本体580円+税

ブルーレーベル

書店店頭にご希望の本がない場合は、
書店にてご注文いただけます。